CIONDOLINO

VAMBA

(LUIGI BERTELLI)

VOL. II

© 2023 Culturea Editions

Texte et illustration de couverture : © domaine public
Edition : Culturea (Hérault, 34)
Contact : infos@culturea.fr
Retrouvez notre catalogue sur http://culturea.fr
Imprimé en Allemagne par Books on Demand
Design typographique : Derek Murphy
Layout : Reedsy (https://reedsy.com/)

Dépôt légal : janvier 2023
Tous droits réservés pour tous pays

ISBN : 9791041841059

Finalmente, dopo uno sforzo violento, l'insetto alato parve riaversi e, steso il corpo si rigirò su sé stesso, scoprendo un piccolo mucchio di uova che erano rimaste appiccicate sul filo d'erba, certe uova lunghe appena tre millimetri, gialle e tinte un po' di rosso nella parte più grossa.

- Ecco fatto! - disse l'arcano personaggio, guardandole con soddisfazione. Si vive poco noi; ma assicurata la discendenza, si può morir contenti. I miei figli vivranno a lungo!

Gigino, ch'era rimasto fin allora muto dalla maraviglia, non poté far di meno di esclamare:

- Che buona mamma che sei!

- Eh! - rispose l'insetto riprendendo subito il suo tono sarcastico - sarebbe forse meglio per te che io non lo fossi.

- Non ti capisco: ma si può sapere, se non sei una libellula, che cosa sei?

- Ti basti questo: io sono stata molto amante delle formiche; ma non so se esse abbiano amato me come io ho amato loro.

Poi, con una delle sue solite risatine ironiche, riprese:

- Va' pure per la tua strada: io rimango qui a mettere in sicuro i miei figliuoli, ai quali auguro di incontrare nella loro vita molte formiche buone come te; poiché tu devi essere una formica eccellente!

L'espressione quasi feroce, con la quale furono pronunziate le ultime parole, dettero uno strano significato a quella frase che pareva un complimento, tanto che Gigino riprese il suo cammino senza neanche credersi in dovere di ringraziare.

Egli andava avanti in silenzio, sempre pensando a quelle parole e tentando invano di penetrarne il senso nascosto, quando, dopo un buon tratto di strada, sentì dietro di sé una voce che diceva:

- Lo vuoi proprio sapere chi son io?

Gigino si volse di scatto e scorse sopra la foglia di un albero l'insetto che gli aveva battezzato per un libellula.

- Ora che siamo lontani dalle mie uova, che tu cercheresti invano di rintracciare, posso dirtelo: Trema! Io sono il Formicaleone!

Questa volta rise Gigino. Quel nome pronunziato con accento terribile e la posa drammatica che aveva preso l'insetto alato, misero di buon umore il nostro eroe, il quale si accomiatò da lui ripetendo con quella sua solita aria impertinente:

- Scusi tanto, signor Formicatigre, se non l'avevo riconosciuto alla prima. Arrivederci, signor Formicaleopardo. Mi raccomando, caro signor Formicaippopotamo, di stare attento ai leoncini che ha riposto nelle sue uova! Con gli artigli, a volte, potrebbero rompere il guscio.

Eppure con tutte le sue barzellette, Gigino dovette confessare a sé stesso che il nome di quell'insetto gli aveva fatto una triste impressione, e si ricordava vagamente d'aver sentito, nel tempo in cui abitava nel formicaio, ripetere spesso dalle formiche adulte a quelle più giovani: - Badate al Formicaleone!

Ma solo più tardi il nostro povero e piccolo re in esilio doveva trovare, con molto suo pericolo, la spiegazione di tutte le misteriose parole che gli aveva detto il suo strano compagno di viaggio.

Intanto Gigino camminava sempre in avanti, senza mai abbandonare la direzione che doveva ricondurlo alla sua villa. E aveva camminato molto, quando, a un tratto, gli si parò dinanzi un ostacolo imprevisto, che fece cadere d'un colpo tutte le care speranze che l'avevano sorretto durante il lungo cammino.

Dinanzi a lui si distendeva un lago, un lago immenso, sterminato per una formica, se si considera che un uomo avrebbe potuto appena passarlo con un salto.

Che fare? Come giungere dall'altra parte, senza perdere la direzione, senza smarrire la strada che gli aveva indicato il Cinipe?

L'unico modo sarebbe stato quello di attraversare il lago in linea retta; ma con quali mezzi? E poi quali speranze, se egli non giungeva neppure a scorgere la costa opposta?

Gigino guardava qua e là con aria desolata quell'immenso lago che gli ultimi raggi del sole illuminavano di una tinta sanguigna, e cercava invano una buona ispirazione: egli non ne ebbe che una, da disperato.

- Io non so se a una formica sia possibile nuotare; ma che m'importa? Io raggiungerò la mia mamma o affogherò pensando a lei!

E varcato un cespuglio d'erba che lo divideva dal lago, si avvicinò risolutamente all'acqua e fece per buttarvisi dentro. Ma si fermò a un tratto.

Proprio davanti a lui, galleggiava sull'acqua una elegante barchetta a sei remi, sulla quale parve a Ciondolino di scorgere perfino una bella panchina gialla per mettersi a sedere.

Quella barchetta sembrava proprio che non aspettasse che lui, e non avesse altro scopo che quello di toglierlo da un crudele imbarazzo.

Gigino, come capirete facilmente, non ci stette a pensare su due volte; e siccome essa era un po' discosta dalla riva, trovò subito un ingegnoso stratagemma per calarvisi dentro, senza il pericolo d'affogare né l'incomodo di bagnarsi.

Egli si arrampicò su una foglia sottilissima e pieghevole d'una pianta ch'era appena lambita dal lago e, prese bene le sue misure, quando fu in cima la scosse in modo da farla curvare per il peso del proprio corpo, finché vistosi precisamente al disopra della barchetta si lasciò andare e cadde proprio in quel punto dove aveva visto la panchina tinta di giallo.

- E ora forza nei remi! - esclamò Ciondolino cercando d'agguantarli.

Ma non ne ebbe bisogno.

Come se la misteriosa barchetta non avesse atteso altro ordine, l'ultimo paio di remi, due remi lunghissimi, mossi improvvisamente da una magica forza, si distesero subito, e con un colpo vigoroso nell'acqua scostarono con la massima rapidità la barca dalla riva.

XXVI. Come si possa incominciare la traversata di un lago in vaporetto e terminarla a cavallo.

- Ma questo è un battello a vapore! - gridò Gigino sentendosi trasportare al largo con una velocità straordinaria.

Infatti i due lunghi remi continuavano a vogare con colpi secchi e misurati, come mossi da una potente molla nascosta, il cui scatto, secondo il giudizio di Ciondolino, non poteva esser prodotto che da una grande caldaia a vapore.

L'imbarcazione sulla quale il nostro eroe viaggiava aveva la forma snella di un canotto; ma, mentre egli era trasportato rapidamente sulla superficie del lago, vedeva passare attorno, sull'acqua, altre barche di forme diverse e curiosissime, le quali apparivano e sparivano misteriosamente, senza che un segno qualunque rivelasse l'arcana forza che le moveva.

- Ma in questo lago c'è una vera flotta! - pensò Gigino.

E per un momento, dimentico del santo scopo che voleva raggiungere, e ritornando ai suoi ambiziosi sogni di grandezza, accarezzò con compiacenza quello di divenire un temuto ammiraglio, e fantasticò subito una serie infinita di battaglie navali, nelle quali, naturalmente, era sempre lui che faceva colare a fondo i bastimenti nemici.

E con questa magnifica idea nel cervello, si mise a passeggiare sulla coperta della barca in su e in giù, come un vecchio lupo di mare, finché, accortosi che a un certo punto dal piano del battello sporgeva una infinità di tubi, disposti fitti fitti l'uno accanto all'altro, si fermò e disse:

- Ho capito: questi sono i portavoce.

E accostatevi sopra la testa, e vedendo che i piccoli tubi erano aperti, chiamò:

- Macchinisti! Fochisti! Attenti!...

Una voce rispose:

- Ehi!... Chi c'è?

- Sono io, l'ammiraglio Ciondolino! Venite tutti fuori!

Vi fu un momento di silenzio. Poi la voce misteriosa riprese:

- Venir fuori? Ma che! È meglio andar dentro!

Immediatamente i due lunghi remi si distesero, dettero un colpo terribile, e il battello, dopo aver fatto un movimento come per drizzarsi sull'acqua, si ficcò giù a capofitto nel lago, trascinando Gigino, il quale ebbe appena il tempo di pensare:

- Ah! è un battello sottomarino!

Egli s'era aggrappato disperatamente ai tubi che gli avevan servito con così cattivo esito da portavoce; ma non tardò a comprendere che il viaggio sottacqueo sarebbe durato un pezzo, tanto che egli, rimanendo attaccato dov'era, avrebbe avuto tutto il tempo d'affogare una diecina di volte.

Si lasciò dunque andare, e agitandosi furiosamente riuscì a venire a galla; ma per l'acqua bevuta e per lo sforzo fatto era talmente esausto di forze, che comprese subito d'essere incapace a lottare e, vistosi perduto, mormorò come una pia preghier queste due parole:

- Mamma mia!

Improvvisamente un'ombra passò su di lui.

Gigino stese le braccia e incontrò qualche cosa, cui egli, con un movimento disperato, si aggrappò, mentre qualcuno esclamava:

- Ohi! chi è che mi piglia per una gamba?

A questa voce il povero naufrago riprese tutto il suo coraggio e tutta la sua prontezza pensando:

- Questa è dunque la gamba di qualcuno... di qualcuno che passeggia tranquillamente sull'acqua! È proprio quel che mi ci vuole.

E arrampicandosi su su per quella gamba, una gamba nera e molto lunga, con una agilità e una forza di cui non si credeva oramai più capace, uscì fuori dall'acqua e si trovò precisamente sulla groppa di un personaggio strano, il quale ripeteva:

- Ma chi è che mi monta addosso?

- Sono io; - rispose Ciondolino mettendosi a cavalcioni - vale a dire una formica armata di una eccellente paio di tanaglie, mediante le quali ti prega di trasportarla alla riva.

Il tono col quale egli disse queste parole, rivelava un essere deciso a tutto fuorché ad affogare, e non ammetteva repliche; motivo per cui quel curioso tipo che passeggiava pacificamente sull'acqua, riprese il suo cammino senza fare osservazioni.

Intanto Gigino considerava con curiosità il suo dromedario acquatico.

Era un insetto scuro, col corpo lungo e sottile, con la testa lunga quasi un terzo del corpo, armata di due antenne lunghissime anch'esse: le sei zampe poi, tutte uguali, che si discostavano molto dal corpo, erano di una lunghezza straordinaria.

- Benedetto le tue gambe! - disse il nostro eroe con accento amichevole - e beato te, che puoi fare a meno dei battelli sottomarini! Scusa, mi dici chi sei?

- Sono un'Idrumetra, - rispose l'insetto; e aggiunse con compiacenza: Noi idrometre abbiamo anche le ali, benché non le adoperiamo.

In così dire aprì leggermente una specie di astuccio nero, coriaceo, che si stendeva sul dorso, sotto al quale erano nascoste due alucce leggiere, scure anch'esse.

- Non faccio per dire, - proseguì lo strano passeggero acquatico - ma nel mio gruppo vi sono campioni anche più valorosi di me, i quali affrontano le correnti e scorazzano perfino sui mari tropicali.

Gigino a questo punto, visto che aveva che fare con un individuo garbato, sentì il dovere di fargli le sue scuse per il modo brusco col quale gli aveva domandato un posto di viaggiatore sul suo groppone, e stabilita così tra cavalcatore e cavalcato una schietta cordialità, gli raccontò per filo e per segno l'avventura che gli era capitata, descrivendogli come meglio poteva il battello incantato che l'aveva trascinato sott'acqua.

L'idrometra pensò un poco, poi disse:

- La Notonetta!

- Ah! è dunque questo il nome di quella barca misteriosa?

- No: è il nome di un insetto del mio ordine, che vive come me negli stagni, con la differenza che io passeggio sulla superficie dell'acqua, ed esso va giù tra la melma dove dà una caccia accanita agli altri insetti acquatici che uccide con un terribile rostro avvelenato. Spesso viene a galla, stando sempre a pancia all'aria com'è suo costume, mostrando il suo petto giallo, il suo ventre peloso e le sue sei gambe distese, il cui ultimo paio molto più lungo degli altri serve per vogare; e viene a galla precisamente per respirare, poiché i peli che la Notonetta ha sotto il ventre e che tu hai afferrati credendoli piccoli tubi, le servono appunto per fare la sua provvista di aria.

- Che cosa mi dici! - esclamò Gigino stupefatto.

- Proprio così; - proseguì l'Idrometra. - E ti meraviglierai anche di più, quando ti avrò detto che la Notonetta ha ali più robuste delle mie, in modo che sono perfettamente adatte al volo.

- Ecco un insetto veramente privilegiato! - esclamò Ciondolino pieno d'ammirazione.

Così chiacchierando, l'Idrometra era giunta alla riva, dove la formica pose piede a terra esclamando:

- Cara Idrometra, tu mi hai reso un servizio che io, se campassi mill'anni non dimenticherò mai. A che ordine d'insetti appartieni?

- A quello degli Emitteri.

- Ebbene, io benedico tutti gli Emitteri. Ma, se vedi la Notonetta, le dirai che quello non è il modo di trattare i viaggiatori!

L'Idrometra sorrise, e rivoltasi indietro s'incamminò a gran passi dalla riva.

Gigino seguì con lo sguardo finché gli fu possibile quell'ombra nera, le cui gambe lunghe e sottili sfioravano silenziosamente la superficie del lago; poi quand'essa fu sparita, si guardò intorno ed esclamò con profonda mestizia:

- E ora?

E ora che avrebbe fatto il povero esule, solo, di notte, abbandonato in una terra sconosciuta, privo d'ogni direzione, senza neanche esser sicuro, dopo il tuffo fatto nel lago, se si trovava sulla costa alla quale voleva approdare, o se era piuttosto tornato a quella dalla quale er partito?

- Potessi almeno trovare un ricovero dove passar la nottata! - pensò Gigino.

E si mise a cercare nei dintorni, e cercò tanto, che alla fine, sopra un monticello, scoprì un buco, dove entrò piano piano, indagando con le antenne e tenendo pronte le tanaglie per ogni caso.

Era una galleria tortuosa, molto vasta e lunghissima.

A un tratto, a una delle tante voltate di quel sotterraneo serpeggiante, sentì un suono grave e prolungato, che risvegliava in lui lontani ricordi, e che gli fece una impressione vivissima.

- Non c'è dubbio, - disse tra sé - qui dentro abita dicerto un professore di contrabbasso.

E ben presto, udendo aggiungersi al primo un secondo suono e poi un terzo e un quarto e un quinto, ed elevarsi su per le volte spaziose di quelle buie cavità una solenne armonia in chiave di basso profondo, Gigino aggiunse:

- Altro che professore! Questo è un conservatorio musicale addirittura!

E in un momento di pausa di quel melodioso coro di contrabbassi, non poté fare a meno di gridare:

- Bene! Bravi! Bis!...

A quest'applauso spontaneo seguì un po' di silenzio. Poi quegli egregi professori incominciarono a scambiarsi alcune note brevi, come se accordassero i loro strumenti, e infine intonarono tutti insieme, con un crescendo, questa frase melodica:

- Chi è di là?

Gigino che comprese perfettamente il tono di questa musica, si avanzò e disse con voce carezzevole:

- Sono un povero insettuccio piccino piccino, che domanda alle signorie vostre illustrissime un po' di ricovero per questa notte.

Una voce grave e solenne rispose:

- Vieni avanti.

Il nostro esule andò innanzi con le antenne spianate, e incontrò altre antenne che cercavano di lui per istudiarlo, per conoscerlo.

L'esame, a quanto pare, fu favorevole a Gigino, poiché la stessa grave voce che lo aveva invitato a farsi avanti riprese:

- Riposa pure dove ti piace, e non temere. La buia casa dei Bombi non ascose mai il tradimento.

La formica ringraziò con effusione d'animo; e trattasi in un cantuccio, distese con voluttà le sue povere membra stanche e affaticate.

Durante la notte il nostro eroe ebbe a sentire parecchi concerti di contrabbasso, e notò che in quel sotterraneo era un continuo affaccendarsi di individui che andavano e venivano camminando pesantemente e brontolando sempre. Potete dunque figurarvi con qual curiosità aspettasse l'alba, per aver modo di vedere com'erano fatti quegli strani professori d'orchestra.

Infatti, appena spuntò il giorno, un raggio di luce penetrò da una fessura dentro la stanza, ove egli si trovava, e vide intorno a sé parecchi individui grossi, tozzi, tutti pelosi dalla punta delle antenne a quella dell'addome, col corpo nero, fatta eccezione di una macchia gialla al torace, e con un paio d'ali come quelle delle vespe.

Gigino pensò:

- Che magnifico branco d'orsi!

Avevano infatti dell'orso, eppure erano insetti di costumi miti e cortesi, pieni di premure per la loro prole, pieni d'affetto per la loro famiglia, lavoratori instancabili, occupati sempre, dalla mattina alla sera, a surgere il nettare dei fiori e portarlo in casa per nutrire le larve.

I Bombi non sono artisti: essi scelgono la tana abbandonata di un topo o il sotterraneo di una talpa, e lì piantano il loro nido. Ma se nella loro casa manca l'arte, regna in compenso una perfetta concordia, e nelle loro piccole società tutti lavorano, i maschi e le femmine come le operaie, conducendo una vita semplice e onesta.

Buoni Bombi! Essi vanno sempre d'accordo brontolando sempre, e sono gentili con tutti, pure avendo l'aspetto grossolano di tanti orsacchiotti, il che insegna che non si debba giudicar mai la gente dall'apparenza, poiché spesso anche tra gli uomini v'è chi nasconde sotto una ruvida scorza sentimenti nobili e generosi.

Gigino, che aveva subito stretto una vera amicizia coi suoi ospiti, ebbe campo di apprezzar tutte le loro ottime qualità, tra le quali non ultima era la carità verso i poveretti.

Infatti, mentre egli esternava la sua gratitudine per l'accoglienza avuta, si presentò all'ingresso della casa un insetto alato, peloso e nero, che somigliava ad un Bombo, ma che all'accento dimostrava di appartenere a una famiglia diversa.

Egli piagnucolava:

- Fate un po' d'elemosina a un povero murtore disoccupato.

E raccontò la sua storia pietosa. Era un Ape Muratrice e da due giorni lavorava al suo nido che aveva appoggiato alla parete esterna d'una abitazione d'uomini, quando un'altra Ape muratrice volendo approfittare del suo lavoro, l'aveva provocata e, dopo una lotta feroce nella quale la legittima proprietaria aveva avuto la peggio, s'era impossessata addirittura della sua casa.

La poveretta era fuggita tutta malconcia, in modo che non aveva più la forza di raccogliere un po' di miele, e ricorreva alla nota pietà dei Bombi per rifocillarsi.

E i buoni Bombi, commossi, le prepararono subito una lauta colazione, alla quale partecipò anche Gigino e molto volentieri, poiché il suo stomaco brontolava da un pezzo come se ci avesse avuto dentro tutti i contrabbassi dei suoi ospiti.

Dopo mangiato, tutti uscirono fuori, e l'Ape, esternata la sua gratitudine, stava per andarsene, quando Ciondolino, al quale aveva fatto molta impressione il racconto dell'insetto muratore, lo fermò dicendo:

- Scusa un momento. Tu hai ricevuto una ingiustizia, e io, se mi riesce, voglio ripararla.

Egli si ricordava che la sua mamma gli aveva sempre detto come sia dovere di ogni galantuomo di prestarsi a favore dei deboli quando subiscono la prepotenza dei forti, e difendere a qualunque costo il diritto e la giustizia contro i malvagi che la offendono.

- Dov'è il tuo nido che ti è stato rubato? - chiese Gigino.

L'Ape scosse la testa.

- Non ho potuto difenderlo io col mio pungiglione - disse - e spero poco che tu, mia buona formica, possa riacquistarlo. In ogni modo, guarda: il mio nido è sulla facciata di una casa d'uomini situata in questa direzione. essa è assai lontana, ma si riconosce da una pianta d'uva che stende le sue fronde sotto il tetto.

E l'insetto muratore volò via senza udir Gigino che, lì lì per svenire dalla commozione, domandava ansiosamente:

- Uva salamanna?

Doveva proprio essere uva salamanna, e la casa dove l'Ape aveva appoggiato il suo nido, doveva proprio essere la sua villa.

Sì, perché Gigino aveva domandato l'indirizzo del nido con la ferma intenzione di fare un'opera buona, e le opere buone sono sempre ricompensate: aveva pensato alla sua mamma, ai consigli avuti da lei, era disposto con tutto il suo ardore a metterli in pratica..., e siccome tutto questo era bene, non poteva assolutamente trovarsene male.

- Io vado via - disse Ciondolino ai Bombi - col cuore pieno di gratitudine per voi. Voi siete molto buoni e la vostra bontà è tale, che trova perfino vie ignorate da voi stessi per consolare gl'infelici. Vedete? La pietà che avete avuto per il povero insetto muratore, reca un'immensa felicità anche a me, in modo che io vi debbo una doppia riconoscenza.

Ed egli diceva il vero; era questo uno dei tanti miracoli della carità, di questa dolce virtù che moltiplica i suoi benefici all'insaputa di chi la esercita, e raccoglie intorno a lui un soave profumo di benedizioni, senza che egli sappia di averle mai meritate.

Piena di fede e di coraggio, la nostra formica prese la via che l'Ape le aveva indicato, andando di buon passo e senza mai fermarsi.

La strada era buona, nessuno ostacolo si frappose questa volta al suo viaggio, tanto che, dopo aver camminato qusi tutta la giornata, Gigino si trovò finalmente ai piedi della sua villa.

Era proprio quella; e non vi so dire, ragazzi miei, con quale commozione Ciondolino salisse quei due scalini che aveva discesi tenendo in mano la grammatica latina l'ultimo giorno che egli era stato un bambino, insieme col suo fratello e la sua sorellina.

Che n'era stato di Maurizio e di Giorgina?

Ecco una domanda alla quale non sapeva rispondere.

Entrando in casa forse ne avrebbe saputo qualcosa. Ma prima, per quanto vivo fosse in lui questo desiderio, voleva mantenere la promessa fatta all'Ape, la quale, senza saperlo, gli era stata tanto utile.

Era una specie di voto che aveva da adempiere; e arrampicatosi su per la porta che era chiusa, si mise a perlustrare la facciata della casa, in cerca del nido da riconquistare.

Su su, in prossimità del tetto, ne vedeva uno che doveva certo essere stato costruito da muratori abili e forti: un nido fatto di materia argillosa, che sporgeva in fuori in un cilindro ricurvo, e nel quale vide entrare precipitosamente un insetto alato, che teneva stretta al petto una povera farfalletta.

Gigino si affacciò alla buia galleria gridando:

- Ehi di casa!

Subito si udì nell'interno un coro di grida irose, e a un tratto sbucarono fuori impetuosamente, cozzandosi l'una contro l'altra nella furia di uscire, le furibonde abitatrici di quella casa così saldamente fortificata.

Il nostro eroe ebbe appena il tempo di tirarsi in disparte, e buon per lui che esse, accecate dalla collera com'erano, non gli ponessero mente.

Egli, appena furono uscite, se la svignò a gran passi, e volgendosi indietro spesso, le vide rientrare e riuscire più volte, sempre urlando e gesticolando come tante indiavolate.

- Gli uomini - pensò - quando capita a qualcuno di sollevare una questione grossa o un pettegolezzo di quelli che non finiscono più, usano di dire: "Quello lì è andato a stuzzicare un vespaio..." Ora so per esperienza che la similitudine non potrebbe essere più giusta, e ringrazio Dio d'essermela cavata a buon mercato.

Il nido dov'era capitato Gigino, era infatti quello delle vespe muraiole, insetti potenti, ma sospettosi e collerici all'ultimo grado.

Poco discosto la nostra formica osservò una costruzione, che all'esterno pareva né più né meno che una manata appiccicata al muro. Ma guardandola da vicino e ricordandosi la descrizione che l'Ape aveva fatto della sua casa, vide ch'era proprio quella che cercava. Scoprì, l'ingresso e accostatosi, sentì che qualcuno ronzava dentro.

Armato delle sue tanaglie e di pazienza, si appostò al buco e aspettò.

Il sole era già tramontato, ed egli, fedele alla parola data, era sempre lì ad aspettare che il ladro venisse fuori per prenderlo di sorpresa.

A un tratto Gigino sentì che il ronzìo andava avvicinandosi, e l'Ape prepotente non tardò a mostrarsi all'ingresso della casa rubata.

Egli le balzò sopra con un salto, l'afferrò con le mandibole alla testa, le circondò con le quattro gambe le ali e il corpo, e dopo essersela messa sotto, per modo da impedirle ogni movimento, le sussurrò con aria di canzonatura:

- Scusi tanto, sa? Sono venuto, se permette, a riscuotere la pigione di casa.

E siccome l'Ape tentava di difendersi mostrando il suo pungiglione, egli, preso il contrattempo, glielo staccò di netto con un colpo di tanaglie, esclamando:

- Mi dispiace, ma che vuole? Lei non ha il porto d'arme!

Toltole così ogni mezzo di nuocere, la lasciò dicendole con tono di disprezzo:

- Scappa via e non ti far più vedere in questi luoghi, e ringrazia la tua sorte che io mi contenti di toglierti lo stile, del quale ti servivi per le tue grassazioni!

L'Ape ladra e vagabonda non domandava di meglio, e volò via, mentre una voce gridava:

- Formica mia, lascia che ti abbracci!

Era l'altra Ape, la proprietaria legittima del nido.

Essa, partita dalla casa dei Bombi, era venuta sulla facciata della villa per costruirsi un altro nido, e attratta dalle grida era capitata lì e aveva assistito a tutta la scena svoltasi tra l'Ape malvagia e Gigino.

- Vedi se sono stato capace di mantenere la mia promessa? - le disse egli. - Entra pure ora in casa tua, onesto muratore, e non aver paura; la tua nemica non sfrutterà più il tuo lavoro.

E ridisceso dalla facciata, andò alla porta della sua villa.

- E l'uva salamanna? - diranno i miei piccoli lettori con l'acquolina in bocca.

L'uva salamanna rimase quella che era.

Ciondolino, bisogna dir la verità, tra l'ardore di riparare l'ingiustizia patita dall'insetto muratore e il desiderio di entrare nella sua villa, non aveva neanche pensato di assaggiare quell'uva deliziosa, con la quale, quand'era un bambino, faceva vendemmia tutt'i giorni.

XXIX. Nel quale si vede quanto sia difficile entrare in casa sua senza aver la chiave
della porta.

- Ah Finalmente, - mormorò l'ex imperatore Ciondolino primo, commosso; - ora posso dire di essere in casa mia.

Ma, oramai ve ne sarete accorti, il nostro amico aveva il difetto di considerar sempre troppo facile l'esecuzione dei suoi disegni; e anche questa volta non tardò ad avvedersi che l'entrar in casa, benché egli fosse un bambino ridotto in minime proporzioni, non era una cosa da pigliarsi alla leggiera.

Si comincia a dire che la porta combaciava così bene nelle soglie che, per quanto cercasse, non gli fu possibile di trovare uno spiraglio da nessuna parte.

Tentò di passare per il buco della serratura; ma anche lì fece fiasco perché, di dentro, il buco era coperto da una difesa d'ottone, ed egli, dopo aver girato attraverso tutti i congegni della toppa, dovette tornare indietro.

Gli venne l'idea di rimontar sulla facciata per vedere se dalle finestre era possibile entrare.

- Ma saranno chiuse ermeticamente anche quelle, - pensò - poiché a questora, certo, in casa mia son tutti a dormire.

Gigino si aggirava sconsolato lungo la porta, ed egli che aveva sognato tanta grandezza, desiderava per la prima volta essere anche più piccino di quel che era, quando al lume vide dinanzi a sé un piccolo foro come quello di un tarlo, praticato nel legno.

- Vediamo - disse - se riuscissi per questa strada a entrare in casa mia.

E siccome il buco era troppo stretto, ne allargò l'orlo rosicchiando il legno con le mandibole, e passò.

Via via che andava avanti, la strada diveniva sempre più larga e più comoda; era una buia galleria tortuosa, che ora saliva ora discendeva, tutta ingombra di segatura prodotta evidentemente dal misterioso abitatore di quei luoghi.

- Chi sa - pensava Gigino - chi è quell'originale che si diverte a rosicchiare tutta la porta della mia villa!

e seguitava a andare avanti, e sempre tastando prudentemente la strada con le antenne, per evitare qualche sorpresa.

Dopo aver camminato così un bel pezzo, si fermò: c'era dinanzi a lui qualche cosa che ingombrava la strada, qualche cosa di floscio, di morbido.

Contemporaneamente, nell'oscurità della galleria, si udì una voce che diceva:

- Ohe! chi è che mi gratta di dietro?

In quel momento Gigino, pare impossibile!, fece una saggia riflessione.

- Questo signore - disse fra sé - di dietro è morbido, ma la testa deve averla dimolto dura, altrimenti non roderebbe a questo modo gli usci delle case. Sicché è meglio fare tra noi i patti, prima che egli possa rivoltarsi.

E afferrato tra le quattro zampe che gli erano rimaste quel corpo debole e molle, gli dètte una leggiera strizzatina con le mandibole, dicendo:

- Domando tante scuse se la incomodo.

- Ohi! ma così tu mi ammazzi!

- Potrebbe anche darsi; ma creda... in ogni caso me ne dispiacerebbe.

- Lascia almeno che mi rivolti.

- Ma le pare! Noi possiamo barattar quattro parole così, senza che lei si disturbi. La prego: faccia conto di essere in casa sua.

- Ma insomma chi sei? Che cosa vuoi?

- Ecco, caro signore. Io sono un modesto formicolino piccino piccino; ma come lei sente, se voglio, sono in grado, con un morso, di dividerla in due parti uguali.

- Per carità!...

- Niente paura! Quello che desidero prima di tutto dalla signoria sua è di saper questo: se io la lascio, posso sperare che lei non adoperi contro di me le sue armi, per le quali le fo le più sincere congratulazioni?

- Te lo prometto.

- Parola d'insetto onesto?

- Te lo giuro per l'ordine degli Imenotteri, al quale appartengo.

- Ah sì? - esclamò Gigino sorpreso - Allora, siccome ci appartengo anche io, possiamo trattarci in confidenza.

Lo strano personaggio trovatosi libero, si rigirò su sé stesso, e Gigino al posto di quel corpo morbido sentì dinanzi a sé una testa robustissima, armata di un formidabile punteruolo.

- Ora, vedi, - disse il proprietario di quella testa - potrei stritolarti: ma ho dato la mia parola; e poi sono in un momento molto importante della mia vita, e non voglio mancare al giuramento.

- Questa è un'idea eccellente.

- Spiegami dunque come mai sei capitato qui in casa mia.

- Eh! son penetrato, diciamo pure, in casa tua, per potere entrare in casa mia. In una parola, vorrei passare dall'altra parte.

- Per ora è impossibile. La galleria finisce qui.

- O non potresti, tu che sei tanto bravo, sfondare la porta addirittura?

- Dovrò farlo e presto, poiché si avvicina per me un momento solenne. Ah! speriamo che tutto vada bene.

Queste parole misteriose pronunziate da quello strano personaggio in quella oscura galleria, sorpresero Gigino e gli misero in corpo una grande curiosità. Onde non potendone più, domandò:

- Mi fai il piacere di dirmi una buon volta con chi ho a che fare in questo momento, e di spiegarmi tutti questi rebus che vai almanaccando da che ho avuto l'onore di far la tua conoscenza?

L'altro stette zitto per un momento; poi incominciò con una certa solennità:

- Io sono un Sirice Giovenco, e per quell'istinto che abbiamo tutti noi insetti, sento che si approssima l'ora della mia grande trasformazione; sento che fra breve io mi sarò mutato in un bell'insetto grande, forte destinato a volare per l'aria. È più di un anno, sai, che io vivo qui dentro. Mia madre depose il suo uovo in questo legno (noi amiamo specialmente di abitare nell'abete) e io, povera larva, appena nata ho incominciato a scavare, a scavare, sempre allargando la mia galleria via via che crescevo. Ora, dopo tanto lavoro sono finalmente nel punto di goderne il frutto. Fra breve mi addormenterò, mi cambierò in crisalide, e da quella uscirò completamente trasformata. Ma per uscire all'aria, bisogna, come capirai, che sfondi e mi apra un passaggio, poiché non posso tornare indietro per il motivo che la galleria fatta quando ero piccola, ora che sono ingrossata sarebbe troppo stretta per me. Tu vedi, dunque, che avevo ragione a dire che mi trovo nel momento più importante della mia vita.

Gigino non poteva nascondere un vivo sentimento di ammirazione per quel formidabile minatore; ma volendo darsi una cert'aria d'insetto che ha viaggiato, soggiunse:

- Però ti avverto che ho visto dei roditori anche più forti di te. Anzi, io ho un segretario particolare, un certo Cinipe, che buca certe pallottole nelle foglie di quercia più dure d'un nocciolo di susina.

La larva del Sirice Giovenco fece una risatina, e voltatasi dall'altra parte ricominciò a rosicchiare.

Il legno, sgretolato dalla potente arma dell'insetto, ricadeva intorno in una pioggia di segatura e la galleria si allargava e si allungava rapidamente.

A un certo punto il Sirice sospese il lavoro, e a Gigino parve di sentirlo borbottare:

- Ah! sarebbe un'infamia!

Poi la larva ricominciò a rosicchiare con più furore di prima, finché a un tratto un grido echeggiò nella galleria:

- Povera me!

Gigino si fece avanti.

Il povero Sirice era affranto dinanzi al limite della galleria, e mormorava parole incomprensibili.

- Ma che è successo, si può sapere?

L'altro accennò con la testa davanti a sé, mormorando:

- È successo che non c'è soltanto il legno da rodere...

Gigino tastò la parete che chiudeva la galleria e non poté trattenere un grido disperato:

- Ah! la serratura della porta!

XXX. L'imperatore Ciondolino preso per una pulce.

Proprio così: quella povera larva aveva lavorato per più d'un anno col fine di aprirsi un passaggio per il momento in cui si sarebbe trasformata in un bel Sirice alato, ed ecco che, sul più bello, era andata a inciampare precisamente in una lastra di ferro.

- E ora? - disse Gigino con ansia.

Il Sirice si scosse, e ripigliando a un tratto tutta la sua energia, esclamò con forza:

- Orsù: bisogna rimettersi al lavoro, molto più che sento di non aver tempo da perdere.

- Tornerai indietro?

- Indietro? Ma che! io sfonderò la lastra di ferro.

Gigino lo guardò stupefatto.

E la sua maraviglia raddoppiò addirittura, appena sentì un acuto stridore come di una lima menata con movimento rapido e uguale sopra un metallo.

La larva rodeva il ferro davvero, ciò che non avrebbe affatto maravigliato il nostro amico, se egli avesse saputo che riputati naturalisti avevano osservato delle piastre di piombo di tre centimetri e perfino delle cartucce di guerra forate dal formidabile insetto.

Ma la lastra di ferro della serratura che rodeva il nostro Sirice Giovenco era assai più sottile d'una palla di schioppo, ed egli, dopo un lavoro costante, quasi disperato, riuscì finalmente a forarla.

- Altro che il mio amico Cinipe! Altro che pallottole di legno! - esclamò Gigino pieno di ammirazione. - Tu, caro mio, puoi far benissimo alle zuccate coi muriccioli senza paura di romperti la testa!

- Eh! - replicò il Sirice - capirai che per me si tratta di vita o di morte..., e morire qui al buio proprio nel momento in cui sto per alzarmi libero nell'aria, era una cosa che non m'andava giù.

- Sicché ora tu stai per cambiar forma.

- Sì: e ho bisogno di quiete, perché fra un momento io sarò crisalide, e dal guscio uscirò poi completamente trasformato. Ma tu non volevi passare? Eccoti la strada.

- Grazie! - esclamò Gigino - grazie dal profondo dell'anima, e se posso esserti utile in qualche cosa...

- Per ora non ho bisogno che di riposo. Passa.

Gigino passò per il foro fatto nella serratura, e dalla parte interna della porta scese nella stanza d'ingresso della villa.

Appena il nostro amico ebbe posto piede in terra, si mise a ballare dalla contentezza esclamando:

- Ah! eccomi in casa mia! Eccomi qui, vicino alla mia cara mamma.

E nel desiderio vivissimo di rivederla si mise a brancolare nel buio, in cerca della porta d'uscita; ma a un tratto si fermò a causa di un ostacolo imprevisto, che s'era frapposto al suo cammino.

Si trattava di una buccia di fico lasciata lì probabilmente da uno dei figliuoli del contadino. E, bisogna confessarlo, se le gambe di Gigino avrebbero con molta facilità superato quell'ostacolo, non così si poteva dire del suo stomaco, nel quale erano ricominciate le accordature di contrabbasso, interrotte la mattina mediante la colazione largita dai Bombi.

Il nostro eroe, senza tanti complimenti, si mise, dirò così, a tavola, e tra un boccone e l'altro, ridestando i suoi vecchi ricordi, mormorava con voluttà:

- Eh sì: i fichi dottati nella mia villa sono sempre stati una delizia. Ma per capire quanto sieno gustose anche le bucce, bisognava che diventassi una formicola!

E Gigino seguitò a gustarle per un pezzo; ma d'altra parte non mangiava dalla mattina e, dopo aver resistito alle tentazioni dell'uva salamanna, era giusto che ora si saziasse con tutto il suo comodo.

Anzi: siccome oramai non temeva più di perdere l'indirizzo di casa, risolvette di passare tutta la notte su quella buccia di fico, aspettando a entrare nelle altre stanze che facesse giorno.

Finalmente un debole raggio di luce passò per lo spiraglio della finestra, ed egli stava per abbandonare i resti della lauta colazione, quando udì un rumore di passi.

Era Lisa, la cameriera, che veniva, come soleva ogni mattina, ad aprir le finestre.

Nel tempo stesso, Gigino udì un altro rumore strano, seguìto immediatamente da un grido di spavento.

Che cos'era accaduto?

È presto detto: da un buco praticato nella serratura della porta era entrato improvvisamente nella stanza uno splendido insetto alato, grosso, tutto color dell'acciaio, con due bellissime antenne dritte in avanti e con un magnifico corpo tutto lucente.

La Lisa, che a quell'apparizione inaspettata aveva lanciato un urlo di spavento, afferrato un cencio che trovavasi sopra una sedia s'era data a una caccia disperata contro l'invasore, che tentava invano di trovare una via di scampo.

Gigino, che aveva subito riconosciuto il Sirice Giovenco, lo udì esclamare affannosamente:

- Formica mia, se sei qui dentro e mi senti, aiutami!

L'amico non volle udir altro: egli, preso il momento opportuno, si accostò a un piede della cameriera, si arrampicò sulla scarpa, e arrivato al punto dove questa terminava, aprì le mandibole e strinse con quanta forza aveva, proprio nel momento in cui la Lisa aveva afferrato col cencio il povero insetto.

La cameriera dètte un secondo grido e lasciò andare il cencio, mentre il Sirice, liberatosi dalla stretta, si dirigeva verso la finestra aperta dicendo:

- Formica, amica mia, ti riconosco all'opera..., e grazie tante!

Intanto, mentre Gigino che s'era subito lasciato andar giù in terra, si allontanava lesto lesto, la cameriera si grattava furiosamente in fondo alla gamba esclamando:

- Benedetto le pulci!

XXXI. Dove Gigino ha ancora occasione di lamentarsi del suo professore di latino.

Gigino era lieto di aver pagato il suo debito di gratitudine al buon Sirice, ed era anche contento del coraggio e della sveltezza di cui aveva dato in quel momento una mirabile prova.

Ma i piedi degli uomini e anche quelli delle donne gli inspiravano, a dir la verità, poca simpatia, e siccome cominciava a sentire per la casa altri rumori di passi, gli venne una gran paura d'esser pestato da qualcuno, e si arrampicò prudentemente sopra una parete mormorando:

- Che se l'uomo, questo grosso animale, potesse comprendere che tesoro di costruzione e di vitalità si nasconde negli animalucci piccini come me, porrebbe certo più attenzione nel camminare per non schiacciarli.

Intanto egli udiva delle voci nelle altre stanze, e nel desiderio vivissimo di rivedere qualcuno della sua famiglia, salì sopra un attaccapanni ch'era alla parete; e, siccome v'era appeso un gran cappello di feltro, vi montò sopra e si fermò sulla tesa esclamando:

- Di qui posso dominare la stanza quant'è grande, e fra poco, quando verranno tutti a far colazione, potrò vederli e sentire quel che dicono!

Infatti, dopo poco, entrò nella stanza lo zio Tommaso.

Gigino lo riconobbe con commozione; ma la commozione divenne anche più forte, quando sentì che lo zio diceva:

- Presto, Lisa, leva la polvere al mio cappello, ché devo andare in città.

Gigino si sentì rabbrividire. Immediatamente il cappello fu sollevato, ed egli che sentiva la tesa tremargli sotto i piedi a ogni colpo di spazzola, aspettava di momento in momento d'esser lanciato chi sa dove, insieme con la polvere.

Fortunatamente per lui, le cameriere non sono mai troppo scrupolose nello spolverare i cappelli dei loro padroni, e la Lisa si limitò, e fu già molto, a spazzolarne mezzo solamente.

Gigino era salvo: ma egli si trovava nella imbarazzante situazione di essere schiavo di quel cappello, il quale era schiavo dello zio Tommaso; e siccome questi uscì di casa, così anche Gigino fu costretto a uscir con lui.

- Alla fine - pensava - se io sono obbligato ora a andar fuori con mio zio, mio zio sarà poi obbligato a riportarmi in casa.

E intanto passeggiava allegramente intorno alla tesa del cappello.

Ma, pur troppo, il nostro amico faceva i conti senza il suo professore di latino, che fatalmente doveva ritornare in ballo, e amareggiare anche la sua vita di formica.

Infatti, non molto fuori dalla villa, Gigino che seguitava a far le corse sulla tesa senza nessun sospetto, fu violentemente lanciato a terra.

Lo zio Tommaso aveva salutato il professore di latinr che veniva appunto alla villa, con una grande scappellata, senza immaginarsi neanche lontanamente di buttare in terra il suo nipotino, il quale appena poté riaversi da quel tremendo colpo, esclamò:

- Ah quel professore! Se ritrovo il mio amico Sirice, voglio pregarlo di scavargli una galleria nella testa!

Il nostro eroe era disperato e, per esser giusti, aveva un po' di ragione.

Dopo tante fatiche durate, tanti pericoli scampati, tanti ostacoli vinti, era giunto a casa sua ed ecco che una circostanza trascurabile e che non si poteva prevedere, lo allontanava improvvisamente dalla mèta raggiunta, e lo buttava a gambe all'aria in un luogo ignoto dal quale era impossibile per lui orizzontarsi.

A un tratto udì vicino delle voci che dicevano:

- Non ho mai visto un insetto senz'ali fare una capriola così ardita.

- Se fosse caduta una di noi di tant'alto con la pancia all'aria, non si sarebbe potuta rialzare così facilmente.

Erano, invero, strani esseri coloro che commentavano in questo modo la disgrazia toccata al nostro povero amico, il quale non poté trattenere, vedendoli, un lungo Oh!... di maraviglia.

Erano certamente formiche: ma erano formiche strane, delle quali Gigino non avrebbe mai sospettata l'esistenza; certe formicolette tutte gialle, con l'addòme di una grossezza spropositata, e una pancia assolutamente spettacolosa.

- O di dove venite, - esclamò Gigino - care sorelle giallognole e panciute?

- Eh! - rispose una di esse - benché tu venga da molto alto, noi veniamo da più lontano di te.

- Davvero? E di dove?

- Dal Messico!

Gigino credette lì per lì che le formiche lo canzonassero, ed era per dirne quattro, quando un'altra esclamò:

- Sorelle, c'è il sole, ed è ora che ci ritiriamo.

Le strane formiche si rimisero in cammino lentamente, faticosamente, trascinandosi dietro la loro grossa pancia gialla.

Il nostro amico le seguì, senza parere. Egli aveva una gran voglia di saperne un po' di più sul conto loro, e pensava che d'altra parte in quel momento non avrebbe saputo trovare un miglior mezzo per ingannare il tempo.

Piano piano il gruppo delle formiche gialle si arrampicò su per un'altura, in cima alla quale era inalzato un piccolo monte di terra sabbiosa, certamente il loro nido.

Infatti, al vertice di questo monticello tre formiche gialle come le altre, ma senza quella pancia enorme, stavano in sentinella, e appena videro le compagne salutarono il loro arrivo gridando con gioia:

- Ben tornate sorelle!

Poi, scorgendo Ciondolino che se ne veniva lemme lemme dietro a quelle, esclamarono, con accento piuttosto acre:

- Chi è questo straniero? Che vuole?

Ciondolino si avanzò salutando rispettosamente le tre sentinelle, e disse con gravità:

- Io vi prego, se non vi dispiace, di comprendere anche me tra le vostre sorelle, senza far distinzione di colore, e di non diffidare della mia presenza in questi luoghi, dappoiché io non abbia verso di voi nessuna ostile intenzione.

Quel dappoiché fece un grand'effetto sulle sentinelle, le quali risposero in tono un po' più dolce:

- Quali sono, dunque, le tue intenzioni?

- Eccole: - rispose Gigino con franchezza - io tal quale mi vedete, sono una povera formica bandita dal suo villaggio in seguito alle tristi vicende di una guerra; sono perciò sola e non avete nulla da temere. L'unico mio desiderio è di sapere chi siete, di dove venite, di conoscere le vostre usanze, e di imparare ad apprezzarvi come meritate.

Questo discorsetto fatto tutto a cacio e burro, fu molto gustato dalle sentinelle, le quali dopo essersi riunite in un breve conciliabolo, decisero di rilasciare allo straniero il permesso di visitare il loro nido, accompagnato, per misura di prudenza, da una di loro.

Egli, dunque, discese per l'apertura praticata in mezzo al monticello, un'apertura fatta a imbuto che continuava giù perpendicolarmente, conducendo al primo piano del formicaio.

Gigino fece molti complimenti alla sua guida per l'architettura di quel villaggio, la cui costruzione doveva esser costata molte ingegnose cure a causa della qualità friabile e poco resistente della terra. Quindi, traversando una galleria verticale, passò al piano di sotto, composto di dieci grandi stanze, le cui pareti erano assai rustiche, in confronto delle altre già visitate.

Ma Gigino non ebbe tempo di badare a questa inezia, poiché in quelle stanze, debolmente illuminate da un debole filo di luce che veniva di sopra, si trovò dinanzi a uno spettacolo tanto straordinario, che non poté fare a meno di gridare:

- Ma questo è un sogno!...

- Un sogno? - replicò la guida. - Niente affatto: quelli sono dei veri orci pieni di miele.

Arrampicate alle pareti di ogni stanza stavano una trentina di formiche, da ciascuna delle quali pendeva giù una pancia enorme, gialla, lucida e trasparente come un boccione pieno d'olio.

- Orci di miele? - replicò Gigino quasi istupidito dinanzi a quel quadro fantastico.

- Proprio così... - rispose la guida. - E io compatisco la tua meraviglia, poiché voi altre formiche di qui non avete un'idea della nostra organizzazione sociale. Noi siamo formiche messicane, e ci troviamo in questo paese per una pura combinazione. Figurati! Molto tempo fa, in uno di quei mostri coi quali gli uomini usano traversare le acque (Gigino capì che la formica gialla voleva dire un bastimento), furono caricate nel Messico diverse piante, e sui loro fusti e sulla terra che avvolgeva le loro radici furono così trasportati alcuni insetti di quei luoghi, tra i quali una formica della nostra specie, che finì col piantare e popolare questo villaggio.

- Ah! - esclamò Gigino - quella formica era forse sopra una quercia del Messico?

- Sopra una quercia ondulata... precisamente!

Il nostro eroe si ricordava, infatti, che due anni indietro lo zio Tommaso aveva fatto venire dal Messico alcune piante, tra le quali una quercia, e a questo pensiero si risentiva nascere tutte le sue speranze, poiché la presenza di quelle formiche era una prova evidente che egli non era molto distante dalla sua villa, dove anelava di ritornare.

- Perché, vedi... - riprese la sentinella - la quercia ondulata è il nostro pane. Sulle sue galle, che son prodotte dalla puntura di certi Cinipidi, quelle formiche che hi incontrate per via vanno la notte a succhiare un umore deliziosissimo, facendone una spanciata terribile, tanto che questo eccesso di alimentazione gonfia il loro corpo fino al punto di render loro difficile il cammino per ritornare a casa. Giunte qui, si arrampicano alle pareti, e altre loro compagne pensano a riempirle ancora più che è possibile, finché son ridotte a veri orci, come tu vedi.

- E stanno lì sempre?

- Sfido io! Esse non possono più muoversi e non hanno altro ufficio che quello di conservare il cibo per noi operaie. D'altra parte, esse scelgono spontaneamente questo grave incarico.

Gigino era sbalordito. Non avrebbe mai supposto che potrebbero esservi delle formiche conservatrici di miele, delle formiche così piene di abnegazione da rinunziare a qualunque partecipazione alla vita attiva, accettando di ridurre il loro corpo all'uso di magazzino di viveri per utilità delle loro compagne.

In quel momento le formiche gialle che egli aveva incontrato per via, stavano inpinguando altre formiche appese, versando in loro una parte del cibo raccolto, e dicevano allegramente:

- Così non ti moverai più: oggi a te, domani a me...

- Vuoi assaggiare un po' del nostro miele? - chiese a Gigino la sua guida.

Questi non se lo fece dir due volte, e accettò con piacere l'umore che gli offrì una delle formiche, riempita solo per metà e che perciò si poteva muovere. Era un miele squisito, sebbene un po' acidulo, forse per esservi una piccola quantità d'acido formico.

- Ah, quali miracoli sa far la natura! - esclamava Gigino risalendo verso l'uscita del formicaio, - riesce perfino a creare degli orci viventi!

Giunto con la sua guida all'apertura del villaggio delle formiche gialle, fece i più vivi ringraziamenti alle tre cortesi sentinelle e stava per congedarsi da loro, quando esse gettarono un grido di spavento:

- Il Torcicollo!

- Nello stesso tempo Gigino si sentì afferrare per il dorso e trasportar via con le tre formiche messicane.

XXXII. I misteri che si ascondono nel bocciolo di una rosa.

Bisogna convenire di una cosa.

Se Ciondolino primo, imperatore delle formiche fusche in particolare, e pretendente al dominio di tutte le formiche in generale, non aveva potuto conseguire il suo scopo ambizioso, non mancava per questo di una intelligenza e di una prontezza di prim'ordine.

Egli, trovandosi a un tratto appiccicato sulla lingua dell'uccello, chiuso nel becco di questo terribile devastatore di formicai, ebbe un'idea luminosa.

Si rannicchiò quanto più poté dentro la sua corazza in modo che il mostro sentendosi nel becco un seme di canapa, si affrettò a sputarlo senza sospettare che contenesse una formica, e si contentò di tre vittime invece di quattro.

Gigino cascò in terra, e questa volta benedisse la sua caduta.

Egli vide il Torcicollo volar via dimenando la testa com'è suo costume, ed esclamò in tono tragico:

- Vile sterminatore del nostro popolo generoso, possano quelle tre povere formiche gialle rimanerti indigeste per tutta la vita!

Quindi si volse intorno a sé stesso e dette un'occhiata in giro per orientarsi.

Dov'era? sapeva che non doveva trovarsi molto distante dal villaggio delle formiche messicane; sapeva che queste non dovevano abitare molto lontano dalla quercia ondulata che serviva loro per la raccolta di miele; e sapeva anche che la quercia ondulata era vicina alla sua villa, dalla quale era stato rapito così bruscamente e alla quale desiderava molto di ritornare.

Ma con tutte queste bellissime cognizioni, non riusciva a scoprire da che parte doveva dirigersi per arrivare al suo scopo.

Così Gigino camminava a caso un po' in qua e un po' in là, quando, giunto sotto un'alta pianta di rose selvatiche, pensò di salirvi sopra, sperando, da una posizione elevata, di potersi raccapezzare.

Egli saliva, saliva, dando ogni tanto uno sguardo attorno, senza giungere a scoprir nulla: arrivò così alla rosa più alta del rosaio, sulle cui foglie si fermò, vinto da un dolcissimo profumo, che gli penetrava nell'anima come un conforto.

- Che odore delizioso!

Improvvisamente la sua attenzione fu attratta da una scena interessantissima che avveniva all'interno della rosa, dove una magnifica ape, mentr'egli si abbandonava alla sua beatitudine, stava lavorando con vero fervore.

Essa leccava con una grande voluttà i pètali del fiore, ficcando la testa giù nel calice profumato, poi ne raccoglieva il polline, ronzando ogni tanto allegramente questo ritornello:

- ZON, ZON... ti porto i baci

Del fiore a te fedele;

ZON ZON... Dammi il tuo miele.

Dice che tu gli piaci

E che piacerti spera.

ZON, ZON... Dammi la cera.

A questa lieta canzone pareva che la rosa fremesse tutta di tenerezza e porgesse quasi con trasporto i suoi pètali all'industre insetto dorato.

Quando questo ebbe fatto una bella provvista, risalì dal calice, e fermatosi in cima al fiore si dedicò con la massima cura a un'operazione che empì di maraviglia la formica spettatrice.

L'ape con una sveltezza straordinaria toglieva con le prime due gambe il pòlline raccolto tra i fitti peli del corpo, lo passava quindi nelle due gambe di mezzo e da queste infine lo ammassava tutto sulle gambe di dietro, due gambe che erano un vero miracolo di costruzione, tutte pelose, munite in fondo di una specie di piccola pala, create apposta, insomma, per ammucchiare e trasportare tutta la raccolta di pòlline fatta dal grazioso animaletto.

Gigino, pieno di ammirazione, non poté a meno di esclamare:

- Ma sa che lei, signora ape, ha due gambe maravigliose?

L'ape si volse bruscamente e, scorgendo la formica, disse con alterigia:

- Che cosa fai tu qui?

A questa scappata Gigino sentì ribollirsi un po' il sangue, e lasciando da parte i complimenti, rispose secco secco:

- Io fo quel che mi pare. E tu?

- Io - rispose l'ape alteramente - fo qualche cosa di più: fo il mio dovere. E mi maraviglio molto che una formica ardisca di profanare i fiori che sono il nostro regno.

Gigino, a tali parole, non poté più stare alle mosse e incominciò a gridare stizzito:

- Il tuo regno? O sta' a vedere, ora, che vorrai proibire a tutti gli altri insetti di venire a odorare le rose! Profanare i fiori?... Questa poi è bellina davvero! Come! Io me ne sto qui, senza dar noia a nessuno e profano i fiori! E tu? Tu che vieni qui per leccare, succhiare e portar via tutta la roba che hai in corpo e riunita sulle gambe di dietro, che cosa fai, di grazia?

L'ape, durante questa sfuriata, aveva tirato fuori parecchie volte il suo pungiglione dando dei segni poco rassicuranti: ma, alla fine, parve decisa a rintuzzare la sua collera e si contentò di osservare semplicemente:

- Non ho mai trovato, in tutta la mia vita, una formica grulla come te.

E prima che il nostro amico avesse tempo di risponderle, riprese:

- È inutile chiacchierare, te lo dimostro subito. Lo sai veramente, tu, che cosa è un fiore? La conosci la sua vita intima? Lo sai che esso respira, dorme, soffre, gioisce, ama, vive come noi?

Gigino, veramente, nella sua vita di formica aveva scoperto qualche cosa che nella sua vita di bambino non aveva mai osservato: certi fremiti delle erbe sulle quali passava, certi indizi non visibili agli occhi di un uomo abituati alle cose grandi, ma visibili agli occhi di un insetto avvezzi alle cose infinitamente piccine, lo avevano sorpreso.

Ma con le piante aveva avuto poco che fare, e non aveva badato tanto per il sottile a quelle manifestazioni di vita che esse gli avevano dato: onde le parole dell'ape furono per lui una rivelazione.

- Lo vedi? - rispose questa - tu resti lì più grullo di prima. Tu non sai che, come li hai avuti tu, anche i fiori hanno il loro babbo e la loro mamma, e che questi fiori babbi e questi fiori mamme si vogliono bene e vogliono dar vita a tanti fiori figliuoli, belli e odorosi come loro. Ma i fiori stanno fermi, si amano, vorrebbero dirsi tante belle cose, ma non possono. Chi porta dall'uno all'altro gli amorosi pensieri fatti di profumo e le dolci ambasciate fatte di nèttare e i castissimi baci fatti di pòlline? Siamo noi insetti alati, siamo noi api, che li conosciamo tutti, che sappiamo tutti i loro segreti, che facciamo volentieri da messaggere tra i fiori innamorati. Ed essi, felici, in cambio di questo amichevole servigio, ci aprono i loro calici, ci accolgono nel loro seno, ci dànno il loro miele e la loro cera che noi portiamo alla nostra famiglia.

E l'ape si mise a ronzare daccapo il suo ritornello, mentre la rosa pareva fremere di piacere:

- ZON, ZON... ti porto i baci

Del fiore a te fedele;

ZON ZON... Dammi il tuo miele.

Dice che tu gli piaci

E che piacerti spera.

ZON, ZON... Dammi la cera.

Gigino era rimasto estatico. Le parole dell'ape, dapprima acri e sarcastiche, erano via via divenute dolci e carezzevoli, e il tono adirato, col quale era stato incominciato il discorso, aveva ceduto durante quella poetica perorazione a un tono gentile e affettuoso.

- Quante belle cose mi hai raccontato! - disse finalmente il nostro Ciondolino.

Poi, mosso da un impeto irresistibile domandò:

- Vogliamo rifar la pace?

- Volentieri, - rispose l'ape.

- Grazie. E per farti vedere che so apprezzare i tuoi sentimenti, anderò via subito da questa rosa... ma a un patto. Prima mi devi spiegare come fai a pigliare il miele e la cera.

- È una cosa facile per me: io suggo con la mia proboscide i pètali dei fiori, e questo sugo, passando per il mio stomaco, diviene miele perfetto. Quanto alla cera, essa, in seguito alla nutrizione di materie zuccherine, mi vien fuori dall'addòme, come un sudore. Guarda.

E l'ape mostrò, infatti, che i tre anelli del suo addòme erano pieni di cera.

- Un'altra domanda, - soggiunse Gigino.

- Fa' presto perché siamo quasi al tramonto e io devo tornare alla mia arnia.

- Che rob'è?

- Come! Non sai neanche questo? L'arnia è il nostro villaggio. Dunque?

- Dunque volevo sapere il tuo nome.

- Io mi chiamo Dolcina.

L'ape prese il volo, e Gigino la seguì con l'occhio finché la vide fermarsi a breve distanza sopra un albero: poi il nostro eroe riprese la strada già fatta, e incominciò a scendere.

Ma egli non era stato il solo a seguire con lo sguardo il volo della bella Dolcina, poiché a un certo punto udì una voce stridula, che partiva d un ramo del rosaio e che diceva:

- Ah! ah!... Cara signora ape, ora sappiamo dove sta di casa, e stasera verremo ad assaggiare il suo miele.

Gigino si volse e rimase sbigottito.

Attaccato al fusto del rosaio stava un mostro nero, di proporzioni colossali, di aspetto funebre, reso anche più terribile da un teschio giallo disegnato sul suo gran dorso bruno e peloso.

Alla vista di quella spaventevole insegna, il nostro Ciondolino si fece il segno della croce come se si fosse trovato dinanzi al diavolo in carne e ossa, mentre il mostro nero continuava a borbottare con la sua voce sibilante:

- Benissimo, corpo di una patata! Quando sarà buio, quant'è vero che mi chiamo Àtropo, anderò a indolcirmi la bocca.

Era infatti un Àtropo, una di quelle grosse farfalle nere, che comunemente si chiamno "Teste di morto", appunto per quel lugubre disegno giallo sul dorso, e che, irritate, emettono un suono stridulo anche più funebre.

Queste due sinistre qualità, il loro colore, la loro mole e il loro apparir nel buio della notte hanno fatto dare a questi animali presso la gente sciocca e ignorante la fama di insetti di malaugurio, come il loro monotono berciare di notte ha fatto dare il nome d'uccelli di malaugurio alla civetta e al barbagianni.

Certo, gli uomini han torto di temere, per effetto di stupide superstizioni, questi animali, altri esseri han ragione di averne paura: e gli uccellini fanno bene a guardarsi dalla civetta che li trova troppo saporiti, come le api fanno bene a stare in guardia contro la sfinge Àtropo che è troppo ghiotta del loro miele.

Questo, Gigino l'aveva capito perfettamente. E siccome egli sentiva una grande simpatia per le api in generale e per Dolcina in particolare, la quale, malgrado la pessima accoglienza che gli aveva fatto, s'era poi mostrata a lui così sentimentale e poetica, disse tra sé:

- L'arnia non è molto lontana..., e poiché il caso mi ha messo a parte delle intenzioni di questo ladrone nero, non sarebbe male che io andassi ad avvertire la mia amica Dolcina.

E, vincendo la paura, dopo aver dato un'occhiata all'albero dove l'ape s'era posata, continuò zitto e quieto la discesa del rosaio, e giunto a terra si diresse verso l'arnia.

L'amico correva a più non posso, senza badare a ostacoli, senza perdere mai la direzione dell'alveare, e mormorando tra sé:

- Il mostro, da vero ladro, ha detto che andrà a rubare quand'è buio; ma, benché io non abbia le sue grandi ali, vi arriverò prima io.

A un tratto si fermò sbalordito. Gli era parso di udire delle voci a lui note, gridare:

- Viva l'imperatore!

Si guardò intorno, ma non vide nulla. Stava già per rimettersi in cammino, sicuro di essersi ingannato, quando udì di nuovo gridare, e questa volta in modo così distinto, da non poter più dubitare:

- Viva Ciondolino primo!

Gigino, tra la sorpresa e la gioia, fu lì lì per svenire.

Intanto da una grande foresta d'erba situata alla sua destra sbucarono fuori due formiche, che si dirigevano trafelate verso di lui, e nelle quali egli non tardò a riconoscere i suoi due vecchi aiutanti di campo.

Fu un grido solo:

- Ciondolino!

- Testagrossa! Grantanaglia!

E le tre formiche, gettatesi l'una nelle braccia dell'altra, formarono un commovente gruppo che, se non era precisamente quello delle Tre Grazie, poco ci mancava.

Al tenero amplesso seguì, naturalmente, un diluvio di domande, di spiegazioni e di rallegramenti.

- Il nostro imperatore! - esclamava Grantanaglia. - Eccolo qui. È proprio lui! Chi ce l'avrebbe detto!

- E noi, - soggiungeva Testagrossa, - che lo credevamo morto!

- Grazie del gentile pensiero, - replicava Gigino. - E vi assicuro io, che era completamente ricambiato.

- Ah! noi ci siamo salvate per miracolo. Siamo scappate via, non si sa come, mentre una ventina di Rossastre ci inseguivano con le mandibole spalancate, gridandoci dietro tutti i vituperii possibili e immaginabili. Che battaglia! Pensare che l'abbiamo perduta, mentre tu avevi avuto quel lampo di genio di aggregare al nostro esercito i Bombardieri!

- Che volete? - soggiunse Gigino con solenne rassegnazione. - Non sempre la fortuna è amica del genio. Basta! Non potete credere come mi ha fatto piacere l'avervi ritrovate.

- E noi! Ma noi ora staremo con te fino alla morte!

- Allora - disse Ciondolino commosso - accompagnatemi perché devo andare in un posto. Intanto mi racconterete la vostra storia.

E tutt'e tre proseguirono la via verso l'alveare.

- Figurati che... - incominciò Testagrossa.

- Immaginati dunque... - incominciò al tempo stesso Grantanaglia.

- Uno per volta! - disse Gigino con autorità. - Grantanaglia, concedo a te la parola.

- Immaginati, dunque, - riprese Grantanaglia - che siamo vissute finora di una vita randagia, sempre in mezzo a mille pericoli.

- Come me!

- Senza mai sapere dove andare a passar la notte.

- Come me!

- Né dove andare a mangiare.

- Eh! io son digiuno da stamani!

- Insomma, abbiamo condotto l'esistenza più disgraziata che si possa immaginare. Ma ora che ti abbiamo ritrovato, ora che siamo con te, non abbiamo più paura di nulla, non è vero Testagrossa?

- No davvero!

E mentre Gigino gongolava, i due aiutanti di campo, al colmo dell'entusiasmo gridarono:

- Evviva l'imperatore Ciondolino primo!

Immediatamente, come in risposta a questo grido, una grandine di sassate avvolse l'imperatore e la sua corte; e il nostro eroe, sentendosi scivolare la terra sotto i piedi, ebbe appena il tempo di afferrarsi a un filo d'erba, mentre Grantanaglia gli gettava le braccia al collo esclamando:

- Reggimi, se no casco!

Fu l'affare di un attimo: la scarica di sassate cessò come d'incanto, e Ciondolino e Grantanaglia udendo una voce fioca, che pareva venire da sottoterra e che implorava aiuto, sempre mantenendosi attaccati, volsero istintivamente lo sguardo sotto di loro e rabbrividirono.

Un quadro orribile, una scena selvaggia, raccapricciante si presentò ai loro occhi.

Essi si trovavano sul ciglio di una buca fatta a imbuto, in fondo alla quale Testagrossa si dibatteva invano, chiuso tra le enormi pinze di un pauroso mostro, che succhiava l'infelice formica esclamando ogni tanto:

- Come è buona!

- È il Formicaleone! - balbettò Grantanaglia tremando.

- Il Formicaleone! - ripeté Gigino ricordandosi a un tratto la sua avventura con l'insetto che somigliava a una libellula. - Ah! ora comprendo le sue parole. Io vidi l'insetto perfetto, e qui vedo la larva. Ecco perché il mio strano compagno di viaggio augurava ai suoi figli d'incontrare delle formiche buone come me!

Quasi rispondendo alle sue riflessioni, il mostro, dopo aver finito di succhiare la sua vittima, con uno scatto, come quello di una molla, ne rigettò il guscio fuori della buca, esclamando con soddisfazione:

- Squisita!

Allora soltanto Gigino poté osservare quel feroce sanguinario in tutto il suo orrore. Dal fondo della buca, ov'era saldamente sepolto per metà, sporgeva in su un mostro orrendo con un muso nero e minaccioso, con sette occhi per parte e armato di due potenti tanaglie, con un addòme irto di peli ispidi e neri, dal quale uscivano due zampe, che terminavano in un paio di terribili uncini.

- E ora, - disse egli con voce cavernosa volgendo i suoi quattordici occhi sulle due formiche terrorizzate - verrete giù anche voialtre, si spera. Toh! toh! Io che fo la caccia quando c'è il sole, non mi aspettavo a quest'ora una cena così succolenta.

E in così dire, puntando le sue zampacce e scalzando con una forza e una destrezza straordinaria la terra sabbiosa in cui si trovava, scagliò sui due atterriti spettatori un altro diluvio di sassate.

Gigino, sentendosi tirar giù dalla sabbia che ricadeva naturalmente in fondo all'imbuto, fece uno sforzo supremo, e sempre con Grantanaglia attaccato al suo collo, si puntellò al fil d'erba che lo aveva sorretto fino allora, e riuscì a mettersi fuori di tiro dal tremendo rapace.

Le due formiche erano salve.

- Ah! - gridò Grantanaglia. - Io ti debbo la vita!

- E io - soggiunse Gigino - ti debbo un torcicollo, che mi hai fatto pigliare, a forza di tenerti attaccato. Ma non importa. Guarda lì chi sta peggio di noi!

E accennò il corpo di Testagrossa, che giaceva a gambe all'aria presso a loro.

- Poveraccia! - esclamò Grantanaglia commosso. - È ridotta una buccia. Quell'infame se l'è succiata tutta, senza discrezione. Badiamo: son due giorni che non si mangia, e il corpo doveva averlo vuoto. Ma - soggiunse l'aiutante di campo con tenerezza - che divenisse tanto vuota a quel modo, come un guscio, non l'avrei mai creduto!

Nel rimettersi in marcia, l'imperatore Ciondolino si volse al suo compagno serio serio, e gli disse:

- Luogotenente! Hai visto quel signore laggiù dentro l'imbuto?

- Pur troppo! è una larva terribile per noi formiche.

- Benissimo! Quando ne incontrerai qualcun'altra, ti ordino di avvisarmi cinque minuti avanti. Ed ora andiamo!

XXXIV. Dove Grantanaglia si guadagna il titolo di conte degli Imenòtteri.

Intanto l'avventura del Formicaleone e, prima, l'incontro dei suoi aiutanti di campo avevano fatto perdere a Gigino parecchio tempo, e quando egli arrivò in vicinanza del villaggio delle Api, era già buio.

- Ho paura d'aver fatto tardi! - mormorò l'eximperatore, arrampicandosi sull'albero.

- Ma dove andiamo? - si arrischiò a domandargli Grantanaglia, che da un pezzo lo vedeva impensierito.

- Andiamo a salvare un villaggio di api, minacciato da un ladrone nero.

- Benissimo! Così si potrà mangiare un po' di miele.

Gigino assunse un tono severo:

- Luogotenente! Qui si tratta di una gloriosa spedizione per un nobile scopo; e tu invece non pensi che a mangiare!

- È vero; ma questo dipende dall'aver lo stomaco vuoto, così vuoto, che mi pare, Dio ci liberi, d'essere stato succiato anche io da un formicaleone.

Le due formiche a questo punto si fermarono dinanzi all'ingresso dell'alveare. Alcune api entravano e uscivano agitate, facendo atti disperati e ronzando con voce concitata:

- La Testa di Morto!

Si capiva subito che tutto il villaggio era sossopra.

Gigino, seguìto dal suo luogotenente, si slanciò dentro senza che le sentinelle confuse, atterrite, vi badassero neppure, e non tardò a giungere al luogo dove si svolgeva il terribile dramma.

L'enorme Testa di Morto aveva invaso l'arnia: essa era là col suo gran corpo villoso, palpitante di ingordigia, con le immense ali nere frementi di voluttà, con la proboscide anelante, mentre tutto un popolo di api l'attorniava, cercando invano di opporsi alla sua marcia devastatrice.

I pungiglioni delle assalite tentavano inutilmente di forare la corazza elastica, cedevole e molle da cui era difeso il corpo del mostro, e in mezzo alla terribile confusione si udiva urlare con voce ansante:

- Essa ci saccheggerà tutti i magazzini!

- Mangerà anche i nostri piccini!

- Finirà con l'uccidere la nostra Regina!

A questo punto Gigino si volse al suo luogotenente, e disse a bassa voce:

- Capisci! Si tratta di una Regina, e bisogna salvarla a ogni costo.

- Ma come, se sono impotenti le api con le loro spade?

- Imbecille! Dove non possono le spade possono le tanaglie.

La Testa di Morto, nonostante le proteste e i colpi di quella moltitudine di api, continuava a rimpinzarsi allegramente di miele, come se niente fosse.

A un tratto gettò un grido:

- Ahi, la mia gamba!

E mentre si volgeva indietro, soggiunse con un gemito doloroso:

- Corpo di una patata! Chi è che mi taglia le antenne?

Nello stesso tempo, Gigino, ritto sulla testa del mostro gridava:

- Grantanaglia! Se le lasci una sola gamba attaccata, non sei più mio luogotenente!

La Testa di Morto a quell'assalto inaspettato tentò di sollevarsi adoperando le ali, e incominciò a sbatterle terribilmente, lanciando via a gambe all'aria le api che le si affollavano intorno.

Ma il luogo era angusto: inoltre qualcuno aveva pensato anche alle ali, poiché a un certo punto una di esse cadde recisa, e poco dopo si staccò anche l'altra.

La Testa di Morto, senz'ali, senza antenne, tentò ancora di sollevarsi puntellandosi sull'unica gamba rimasta, ma anche quella fu recisa, e l'enorme corpo mutilato del mostro cadde pesantemente senza potersi più movere.

Un grido di gioia echeggiò nell'arnia:

- Vittoria!

Poi una voce, dominando il rumore di mille altre, domandò:

- Ma chi ha potuto ridurre a tal punto il ladrone?

Gigino riconobbe quella voce e gridò:

- Dolcina! Sei tu?

- Ah! - replicò l'ape arrampicandosi sul dorso della Testa di Morto. - La formica che incontrai sulla rosa! Come sei qui?

- Conoscevo le intenzioni di questo signore nero, e venni a salvare il tuo villaggio.

- Tu? Oh grazie! - gridò Dolcina. - Sorelle!... salutate questa formica; a lei dobbiamo la nostra salvezza!...

Un evviva fragoroso rispose a questo annunzio, e Gigino, ringraziando commosso, esclamò:

- Un momento! Io non sono il solo ad aver diritto a questi applausi. Grantanaglia! Grantanaglia, dico!

Ma Grantanaglia non rispondeva.

- Quell'ingordo - pensò Gigino - deve essersi rimpiattato in qualche magazzino di miele. Ma quando ritorna, mi deve sentire!

Intanto Dolcina, con quella voce affettuosa e piena di tenerezza che adoperava quando parlava coi fiori, gli diceva:

- Tu rimani qui, non è vero? È troppo tardi perché tu possa tornare a casa tua.

- Eh sì; molto più che io non ho casa.

Dolcina parve maravigliata di questa dichiarazione, ed era lì lì per domandare tutti i come e i perché che le suggeriva la simpatia destatale dal suo liberatore: ma siccome era un'ape molto attaccata ai propri doveri, mise subito un freno alla curiosità e disse:

- Avrei una gran voglia di conoscere la tua storia, ma me la racconterai domani. Resta inteso che tu e la formica che hai chiamato, se c'è ancora, rimarrete qui. Intanto bisogna che aiuti le mie sorelle a liberare la casa da questo impiccio.

E mentre Gigino scendeva dal dorso della Testa di Morto, ella si unì alle altre api per sollevare il corpo del mostro.

Ma il suo peso e il suo volume erano tali, che non era facile impresa il rimoverlo, tanto che un'ape esclamò:

- Sentite, mie care: buttar fuori dall'arnia questo po' po' di bestione è una cosa impossibile: io proporrei di tirarlo da un lato, se ci riesce, e di mummificarlo.

La proposta fu approvata all'unanimità, e tutte, messesi da una parte, raddoppiando gli sforzi dèttero di leva al corpo del ladrone, che finalmente riuscirono a rivoltare.

Appena mosso, una voce fioca uscì di sotto balbettando:

- Ah! un altro po' che aveste indugiato, sarei morto soffocato sotto questo macigno.

Era Grantanaglia che, dopo aver recisa l'ultima gamba della terribile farfalla, vi era rimasto sotto.

Gigino accorse e lo sollevò, esclamando con solennità:

- Luogotenente, tu sei un prode soldato!

- Sfido! - mormorò Grantanaglia - tu mi avevi minacciato di degradarmi se lasciavo una sola gamba a questa canaglia.

- Hai fatto il tuo dovere: e, per premio, in presenza a questo popolo generoso, ti creo conte degli Imenòtteri.

Grantanaglia non comprese tutta l'importanza di questa onorificenza, ma capì che l'imperatore Ciondolino gli aveva dato un segno di distinzione tra gli altri insetti, e mormorò con gratitudine:

- Grazie!

Intanto il corpo della Testa di Morto era stato rotolato da un lato dell'arnia, e Gigino messovi sopra una gamba, accennando al lugubre teschio giallo stampato sul dorso del ladrone, esclamò: 45

- Non c'è neanche bisogno di spese per il mortorio: questo egregio signore, sia pace all'anima sua, aveva già pensato a farsi incidere perfino la lapide sul groppone!

La mattina dopo, Gigino, al quale le api riconoscenti avevano assegnato una bellissima camera per passar la notte, si svegliò di pessimo umore, mormorando:

- Maladetta Testa di Morto! Me la sono sognata tutta la notte! Grantanaglia! Ehi, Grantanaglia! Grantanaaaaaglia!

Il luogotenente che dormiva profondamente si riscosse.

- Finalmente! - esclamò Gigino. - Che maniera è questa di dormire? Un luogotenente, ricòrdatelo bene, non deve dormire che da un occhio solo.

- Io ho fame.

- Ma tu sei insaziabile, mio caro. Ieri sera, durante la cena che ci hanno dato le api, tu hai mangiato per quattro. Bisogna che tu ti corregga, molto più che la mia lista civile non mi permette, per ora, di mantenerti un simile trattamento.

Poi riprese cambiando tono:

- Basta. Pensa che stamani dobbiamo visitare il palazzo delle api, e che saremo presentati alla Regina. Alla Regina, capisci? Cerca dunque di stare al tuo posto, e di non farmi scomparire.

L'idea di esser presentato alla Regina bastò a metter subito Gigino di buon umore.

Egli incominciò a dare al suo luogotenente una grande quantità di avvertimenti intorno alle regole d'etichetta da osservarsi nella solenne cerimonia, e stava insegnandogli un ritornello col quale doveva annunziarlo alla Regina, quando una voce di fuori domandò:

- Amica mia, si può entrare?

Era Dolcina.

- Mia cara, - le disse Gigino andandole incontro - prima di tutto, bisogna che ti spieghi una cosa: io non sono un'amica.

- Come!

- No: io sono un amico, per la semplice ragione che appartengo al genere maschile, numero singolare.

- E quest'altra formica?

- Un altro amico come me: e tutt'e due insieme apparteniamo al genere maschile, numero plurale.

- Vedendovi senza ali, io vi credevo formiche neutre: vi credevo due buone operaie, come me.

Gigino dètte in una risata, guardando Grantanaglia.

- Operaie! Capisci, luogotenente? Dolcina ci crede due operaie. Ella non si figura chi siamo noi. Non s'immagina, poveretta, chi sono io. Ma è tempo di lasciare l'incognito. Grantanaglia, presentami!

Grantanaglia s'inchinò, e disse con voce grave indicando Gigino:

- Ciondolino primo, imperatore delle formiche.

E Gigino a sua volta indicando Grantanaglia esclamò:

- Il luogotenente Grantanaglia, conte degli Imenotteri, primo ed ultimo aiutante di campo dell'imperatore Ciondolino, essendoché l'altro aiutante Testagrossa se lo succiò tutto ieri sera un formicaleone.

Dolcina rimase talmente attonita a questa doppia presentazione, che Gigino, vedendo che non capiva niente, credé utile spiegarle come stava la cosa, e le narrò tutta la sua storia di formica reale detronizzata.

L'ape stette a sentirlo, e quand'ebbe finito, disse:

- Senti, weh: siccome io non ho nessun trono perduto né nessuna corona in vista, ho bisogno di lavorare, e perciò se vuoi venire a visitare la nostra casa, ti prego di spicciarti.

Ciondolino a queste parole rimase un po' male, e naturalmente riversò la stizza sul povero Grantanaglia, al quale gridò con piglio severo:

- Ehi! luogotenente! Che cosa fate, dico? Svelto! Non sentite? Bisogna andar a visitare il palazzo. Andiamo dunque! ci vuol tanto a muoversi?

Detto questo, uscì maestosamente dalla stanza al fianco di Dolcina e seguìto dal suo aiutante di campo.

Gigino incominciò a maravigliarsi subito all'ingresso che era difeso da certi ripari, che sembravano né più né meno dei paraventi situati alternativamente uno a destra e uno a sinistra, in modo che per passare bisognava andare a zig zag.

- Ma quest'affare - disse la formica - ieri non c'era.

- Infatti, - rispose Dolcina, - è stato costruito da poco, e vedrai che d'ora innanzi le Teste di Morto non entreranno più, a meno che non vogliano strapparsi le ali.

- Una magnifica idea! - esclamò Grantanaglia con ammirazione. E con che prontezza è stata messa in esecuzione!

- Oh per quello facciamo presto... - osservò Dolcina. - Noi abbiamo la cera e la rèsina in corpo, e in quattro e quattr'otto incalziamo dei muri da far paura.

Intanto i tre personaggi proseguivano nella loro visita, e Gigino si persuadeva sempre più che non si trattava né di una casa come aveva detto Dolcina, né di un palazzo come aveva detto lui, ma di una vera e propria città, una grande città, fabbricata con tutte le regole dell'architettura, dell'igiene e della comodità.

I due caratteri principali delle costruzioni erano l'armonia delle linee e l'economia dello spazio. Infatti l'interno di quella vasta città era formato da tante abitazioni di forma esattamente esagonale, appoggiate l'una all'altra per ogni lato.

- Voi capite benissimo, - disse Dolcina alle due formiche - che l'esagono è l'unica forma che ci permetta di fare entrare in un dato spazio il maggior numero di abitazioni o alveoli, come diciamo noi. Qualunque altra forma ci condurrebbe a un sacrifizio maggiore di spazio.

- È evidente. - rispose Gigino convinto - e voi avete risoluto la questione in un modo ingegnosissimo. Ma come fate a fabbricare tutte queste celle così regolari, così esatte?

- Ecco: quando noi abbiamo stabilito la nostra dimora, sia dentro il crepaccio di un muro, sia nella spaccatura di un vecchio albero come questo, incominciamo dallo distendere la nostra cera sulle pareti interne. Questa cera che trasuda dal nostro addòme, la si fa passare in bocca, la si inumidisce e la si attacca in tante piccole striscie in modo che, essendo noi in molte a lavorare e a darsi la muta, ben presto la parete è ricoperta da un grosso strato di cera, e in questo muro solido e massiccio i nostri migliori architetti, i nostri più bravi ingegneri costruiscono le celle. Volete vedere?

E Dolcina condusse le due visitatrici in un punto in cui si stavano costruendo nuovi alveoli.

Nella massa della cera alcune api stavano scavando delle piccole buche in forma esagonale: erano le sbozzatrici. Appena sbozzati gli alveoli esse cedevano il posto ad api più esperte, le quali, a forza di pigliar misure, di piallare e lisciare da tutte le parti, riducevano il vuoto a una bella cameretta in forma di esagono, pulita, comoda, elegante.

- E come fanno presto! - esclamò Grantanaglia meravigliato.

- E bene! - aggiunse Gigino con ammirazione anche maggiore sapendo che tra gli uomini far presto e bene raro avviene.

- Peuh! - rispose Dolcina. - Noi possiamo fabbricare in un giorno e una notte fin quattromila celle.

- È un bel fare, - disse Gigino. - Ma devo osservare una cosa. Scusa, sai: queste camere sono lavorate benissimo, ma non sono tutte uguali.

- Si capisce! - esclamò Dolcina. - Queste sono le celle destinate alle uova, dalle quali usciamo noi api operaie, cioè neutre come voi due.

- Noi non siamo neutre! - gridò Gigino indispettito. - Ti ho già detto che siamo maschi.

- Ah! me n'ero scordata! - soggiunse l'ape con aria canzonatoria. - Poi vi sono le celle un po' più grandi destinate alle uova dalle quali nascono i maschi... i maschi veri, capite? E in ultimo vi sono le celle per le uova che producono le femmine, e quelle sono tonde, grandi, bellissime perché le nostre femmine sono destinate a esser regine.

- Come, come! - esclamò Gigino. - Regine?

E su questo argomento avrebbe voluto domandare una serie infinita di spiegazioni, ma proprio in quel momento si trovò di fronte a una montuosità di forma curiosa, e si fermò.

- O questo?

- Questo è il corpo della Testa di Morto, cioè di quella farfalla che tu hai sconfitto, e che noi, non potendola trasportar fuori, abbiamo imbalsamato qui, per impedire che marcisse e che ci appestasse l'aria.

- Imbalsamata! - esclamò Ciondolino osservando quel corpo duro attaccato al terreno. - Come sarebbe a dire?

- Sarebbe a dire che noi, oltre il miele e il pòlline che raccogliamo dai fiori per dar da mangiare alle nostre larve, oltre alla cera che trasudiamo e che ci serve per fabbricare l'alveare, abbiamo anche la gomma, una gomma potentissima, che ci serve come materia da costruzione e anche a seppellire e mummificare gli insetti grossi che vengono ad assalirci.

E qui Dolcina condusse le due formiche in un'altra parte dell'alveare, dove mostrò loro una grossa chiocciola:

- Vedete? Con questa, che era entrata nel nostro villaggio, abbiam fatto più presto: con un colpo di pungiglione l'abbiamo fatta ritirar dentro il guscio, e poi con la gomma abbiamo attaccato tutto in giro il guscio al terreno, in modo che è rimasta seppellita dentro la sua stessa casa.

Gigino e Grantanaglia erano meravigliati non solo della potenza, ma anche della prontezza dell'ingegno di questi insetti, e stavano per esternare la loro ammirazione, quando a un tratto si udirono tre ronzii cadenzati come un segnale di tromba, e Dolcina esclamò:

- Zitti! ecco la Regina!

XXXVI. Nel quale si assiste al colloquio di un imperatore con una Regina.

Un'ape dall'aspetto maestoso si avanzava solennemente seguita da uno stuolo di altre api, che facevano a gara per accarezzarla e presentarle la loro proboscide piena di miele.

- Quelle - mormorò Dolcina - sono le dame di compagnia della Regina.

Intanto questa si fermava via via all'ingresso di ogni cella dell'alvear e vi deponeva un uovo, mentre tutte le altre intonavano un inno entusiastico alla feconda madre del loro popolo:

- ZON ZON... del nostro popolo

Tu sei madre e Regina.

Ogni ape, ecco, s'inchina

Suddita e figlia a te! –

A un certo punto, la Regina si fermò esclamando:

- In verità, io spero che il mio popolo sia contento di me. Con questo che ho fatto ora sono dugento uova che ho messo a posto durante la giornata.

Gigino fece un salto esclamando:

- Dugento uova al giorno! E quanto dura a far questo lavoro?

- Secondo... - rispose Dolcina - generalmente continua per tre mesi e depone circa quindicimila uova.

- Quindicimila uova! Giuggiole! Ci sarebbe da far campare a frittate tutto il genere umano!

Mentre le due formiche consideravano stupefatte quel maraviglioso insetto, capace di dar vita a tanti esseri, Dolcina si era avvicinata rispettosamente alla Regina, e dopo averle parlato in segreto, disse tornando alle due forestiere:

- La Regina mi ha dichiarato che sarà lieta di conoscervi, e sollecita la vostra presentazione.

Gigino sentì un fremito per tutto il corpo, e accostatosi a Grantanaglia gli disse piano:

- Luogotenente, mi raccomando... Questo è il momento di annunziarmi.

E si ritrasse indietro, mentre Grantanaglia, facendosi avanti a guisa d'antico scudiero, annunziò il proprio sovrano secondo le istruzioni avute la mattina, con questa cantilena:

- Ecco l'imperatore

Col trallerurillallera;

Fategli tutti onore

Col trallerurillallà. –

Infatti Gigino si avanzò gravemente verso la Regina, esclamando con voce solenne:

- Noi Ciondolino primo, imperatore delle Formiche, siamo lietissimi di rendere omaggio alla potente e saggia Regina delle Api, alla quale ci uniscono vincoli di parentela e di sincera amicizia...

La Regina parve sorpresa di questo cerimoniale assolutamente nuovo nelle abitudini delle api; ma poi, tanto per non sbagliare, rivolgendosi alle due formiche, disse in tono molto affabile:

- Chiunque voi siate, è mio dovere esprimervi di fronte al mio popolo tutta la gratitudine per aver salvato la città da uno dei più terribili invasori. Voi potete considerarvi qui come in casa vostra.

Gigino ringraziò con effusione. Quindi, mentre le dame di compagnia si disponevano in circolo a una certa distanza, fece cenno al suo luogotenente di rimanere verso di loro, e si mise a conversare con la Regina.

- Sono contenta - disse ella con un sorriso - che questa occasione abbia avvicinato le formiche alle api, i due più nobili e intelligenti campioni dell'ordine degli Imenòtteri.

- Certo, - replicò Gigino - noi abbiamo in comune molti istinti e molte abitudini. Noi viviamo come voi api in società, e questa società è composta, come la vostra, di femmine, maschi e neutre o operaie. Anzi, a questo proposito vi avverto che, tanto io che il mio luogotenente, non siamo neutri come pare, ma siamo maschi.

- Curiosa! Io credevo che le formiche uccidessero i maschi come facciamo noi.

Gigino credette utile di sviare il discorso e, senza rispondere alla ossevazione della Regina, esclamò:

- Ho avuto il piacere, maestà, di visitare i vostri dominii... Ma sapete che il vostro regno è di una estensione straordinaria?

- Certo: ma anche voi formiche costruite delle grandi città. La vostra è forse più piccola di questa?

- Oh molto più piccola! - rispose Gigino imbarazzato. - E i vostri sudditi sono numerosi?

- Sono trentamila circa.

- Trentamila api!... È una popolazione spaventosa!...

- E voialtre formiche in quante siete?

- Ah maestà! - replicò Gigino sempre più imbarazzato. - I miei sudditi... eccolo lì.

E accennando il suo luogotenente, esclamò con enfasi:

- Grantanaglia, conte degli Imenòtteri, mio aiutante di campo!

Grantanaglia si inchinò.

A questo punto il nostro Ciondolino, visto che la Regina non capiva niente, stimò necessario di accennarle i fatti più notevoli della sua vita, e finì col dirle:

- Ah, cara maestà mia! Tra di noi si può discorrere senza complimenti. Io sono un povero imperatore detronizzato, e non posso far a meno di invidiare la tua condizione di Regina felice, servita, rispettata, adorata da tutto il suo popolo.

La Regina a queste parole fece un po' boccuccia; poi, chinandosi su Gigino gli disse con accento confidenziale:

- Regina?... Eh! lo sono e non lo sono.

- Lo sei! E io vorrei regnare come regni tu.

- Sì, eh? Ma ti piglieresti l'impegno di fare tutti i santi giorni dugento uova?

A questa osservazione Gigino, benché fosse nero, fu lì lì per diventar rosso.

- Bisogna che tu ti metta in testa - proseguì l'ape - che io qui dentro sono qualche cosa di più e qualche cosa di meno di una Regina. Io sono la madre universale, sono la creatrice di questo popolo, sono io che gli assicuro la vita, sono io che lo perpetuo: e questo popolo è mio perché lo fo io, perché lo metto al mondo io, perché esso è mio figlio e io sono sua madre. Credi tu che io sia stata fatta Regina così, per il mio bel muso? Niente affatto. Mi han fatto Regina perché facessi delle uova, molte uova. Sono Regina a patto che io assicuri la continuità della popolazione; sono Regina nel mio regno finché sono madre del mio popolo. Il giorno in cui cessassi di far figli, non avrei più sudditi. Il giorno in cui cessassi di creare il mio regno, non sarei più Regina. Come tu vedi, questo mio titolo è molto alto, considerato da un alto punto di vista, ed è assai meschino, considerato da un aspetto meschino.

Non si sa da che punto di vista lo considerasse Ciondolino; ma il fatto è che il linguaggio nobile e dignitoso dell'Ape Regina gli fece molta impressione e che, almeno in quel momento, capì come tra gli insetti per essere qualche cosa bisogna fare qualche cosa.

La Regina, dopo essere stata un momento zitta, riprese con accento malinconico:

- E almeno se dopo tutto questo io potessi vivere tranquilla, sicura!... Ma a volte succede che... Basta: è meglio non ne parlare!

Gigino stava per insistere perché ella terminasse il suo pensiero, ma si trattenne subito perché comprese che sarebbe stata una indiscrezione.

- Spero, - disse - che tu mi permetterai di venire qualche volta a far quattro chiacchiere reali con te.

- Con piacere, mio caro.

Gigino s'inchinò, baciò la zampa alla Regina e si accomiatò da lei, mentre intorno echeggiava un grido inneggiante al fausto avvenimento:

- Viva la Regina delle api! Viva la Formica col ciondolino!

E Ciondolino si volse raggiante di gioia al suo aiutante, esclamando:

- Questa alleanza è piena di promesse. Chi sa che non venga la mia ora!

- Sì; - mormorò Grantanaglia - ma in quanto a me ho lo stomaco perfettamente vuoto, e non aspetto che l'ora di mangiare!

55

Lì, dentro l'alveare, in quella bella e grande città dove nulla mancava, in mezzo a un popolo amico e devoto, le due formiche conducevano una vita dolce e tranquilla.

- Una vita dolce come il miele, - diceva Grantanaglia, che del miele se n'intendeva dimolto.

Le api, grate del benefizio ricevuto, avevano messo a disposizione dei due ospiti una bella cameretta, dove tre volte al giorno sopra una tavola

fabbricata da Gigino con un guscio di seme di zucca, era loro servito un pasto degno veramente della mensa di un imperatore.

Una volta, anzi, Dolcina preparò per le due formiche perfino una gelatina reale, un piatto squisito, molto diverso dal solito miele, e che fece esclamare al ghiotto luogotenente:

- Questa gelatina reale bisognerebbe poterla avere tutti i giorni.

- È impossibile - rispose Dolcina - poiché questo alimento di una sostanza più densa e più inzuccherata di quella d'ogni altro nostro alimento, essendo di una potenza straordinaria, è riservato alle larve femmine, a quelle che sono destinate a diventare api regine. Per questo si chiama gelatina reale.

- Ah sì? - domandò Gigino con interesse. - Dunque tu dici che è di una potenza...?

- Straordinaria. Il genere dell'alimento ha molta influenza sullo sviluppo delle nostre larve. Nelle celle comuni noi poniamo l'alimento comune e nasce un'ape operaia; nelle celle reali mettiamo questa sostanza speciale e nasce un'ape Regina, che si sviluppa in ragione della sua cella più grande delle altre, ma più di tutto per dato e fatto del nutrimento.

- Sicché?

- Sicché se noi si desse a mangiare questa gelatina reale a una larva di ape operaia, diventerebbe invece un'ape Regina.

A questa dichiarazione Gigino rimase col boccone a mezzo.

- Dio mio! E dimmi: non ci sarà il caso che io che l'ho mangiata, sia ridotto a scaricare centinaia d'uova tutto il giorno?

Dolcina stava zitta e sorrideva.

- Dolcina, per carità rispondimi... Mi sento un non so che dentro lo stomaco... Dolcina, via, fammi il piacere. Ah! sarebbe un tradimento troppo grosso!

Dolcina, visto che Ciondolino incominciava a contorcersi, lo rassicurò.

- Ma ti pare, grullerello, che questo alimento in una formica possa avere lo stesso effetto che in un'ape?

Gigino che si vedeva già condannato a far quindicimila uova per la fine della stagione, si rasserenò e trasse un gran sospiro di soddisfazione.

Quindi rivoltosi all'ape, la pregò di non portargli mai più gelatine reali, ciò che fece esclamare all'ingordo Grantanaglia:

- Che peccato! io per un altro boccone di questa roba m'impegnerei a fare uova dalla mattina alla sera.

Gigino lo guardò severamente, esclamando con indignazione:

- Vergogna! Un aiutante di campo! Faresti una bella figura! Andiamo, via. Voglio passarti in rivista e farti fare alcuni nuovi esercizi militari.

Bisogna sapere che l'imperatore Ciondolino dacché si trovava nell'alveare, in mezzo a un popolo a lui devoto, ammesso com'era alla confidenza di una Regina autentica, si era sentito risvegliare tutta l'antica ambizione, e nel suo cervello, dirò così, di bambino informicolato, si maturavano i progetti più strampalati di future spedizioni militari, di imprese gloriose e di nuove civili riforme nella organizzazione della società degli insetti.

Dolcina che era a parte di tutti questi suoi sogni pur non approvandoli, s'era sentita un po' lusingare dalle promesse d'esser fatta un giorno duchessa e d'esser messa a capo dei magazzini di corte, e per contentar Gigino, adoperando una sostanza resistentissima composta di cera e di gomma, gli aveva fabbricato, secondo i suggerimenti ch'egli le aveva dato, una bellissima corona imperiale e due splendide corazze, una per lui, l'altra per il suo luogotenente.

Appunto in questo costume guerresco Gigino e Grantanaglia ogni giorno eseguivano alcuni esercizi militari, che consistevano generalmente in una solenne rivista fatta dall'imperatore al suo unico seguace al quale gridava:

- Contate per due!

E Grantanaglia rispondeva pronto:

- Uno!

Intorno a' due ospiti battaglieri intanto l'innumerevole popolo delle api lavorava febbrilmente per assicurare la vita alla nuova generazione.

All'ingresso dell'alveare, sempre guardato dalle vigili sentinelle, era un continuo viavai di operaie che recavano la raccolta fatta nei loro viaggi e destinata alle larve e ai magazzini di viveri per la cattiva stagione.

Dalla porta della città non passavano meno di un centinaio di api ogni minuto, e Gigino, che spesso assisteva ai loro lavori, calcolava che ogni ape facesse giornalmente quattro viaggi, in modo che, essendo il popolo composto da trentamila cittadini, questi facevano in totale centoventimila escursioni al giorno.

Tale prodigiosa attività, dava all'alveare un'apparenza di disordine e di confusione, ma osservando minutamente, tutto produceva con una regolarità maravigliosa; ognuno attendeva con esattezza e con impegno al proprio compito; e mentre le raccoglitrici distribuivano con ordine il miele, la cera e la gomma, altre si dedicavano alla pulizia della città, altre ancora trascinavano fuori dell'arnia qualche ape morta, e altre s'incaricavano di allontanare qualche straniero molesto.

Nutrite con tanta cura e tanta sollecitudine le giovani larve crescevano a vista d'occhio, e il nostro Ciondolino si divertiva ad andare a vedere nelle diverse celle i loro corpi molli e privi di gambe.

Una mattina osservò che le api incaricate di deporre dentro gli alveoli il nutrimento per le larve erano invece occupate a chiudere parecchie celle con un coperchio di cera.

- Ma così moriranno soffocate! - esclamò Gigino.

- Niente affatto, - rispose un'ape. - Queste larve sono già sviluppate. Ora stanno cambiandosi in ninfe, si filano il loro piccolo bozzolo, dal quale uscirà poi l'insetto perfetto, che non durerà molta fatica a sfondar il coperchio e a venire fuori dalla sua camera.

Gigino seguì con interesse questa operazione, e vide che tra le altre era stata chiusa anche una cella reale, con un coperchio a cupola, di forma differente dalle altre.

- Corbezzoli! - esclamò. - Quanti privilegi hanno queste femmine!

In quel momento Grantanaglia venne ad avvertirlo che il pranzo era in tavola, ed egli raggiunse il suo luogotenente nella camera, dove un'ape inviata da Dolcina aveva preparato un'appetitosa pietanza.

Ma appena l'ebbe assaggiata, Gigino incominciò a preoccuparsi e a biasciare mormorando:

- Ma io questa pietanza la conosco! Ha un sapore che non mi è nuovo. Dove diavolo ho mangiato di questa roba?

A un tratto si alzò con un grido:

- Ah, la mia uva salamanna! Questa è l'uva salamanna della mia villa!

E rivoltosi all'ape continuò:

- Amica mia, dove hai preso il sugo per fare questo miele? Ah, dimmelo! Tu non puoi credere quanta importanza per me abbia quest'affare.

- Infatti - rispose l'ape - io mi son fermata a succiare certa uva di una vite, che stende i suoi rami sulla facciata d'una casa d'uomini.

- È lei! - gridò Gigino. - È la mia salamanna! E dimmi, dimmi... È molto distante di qui?

- Eh sì.

- Senti, cara apicina mia. Dimmi una cosa: non potresti tu..., scusa sai... portarmi a cavalluccio fin là?

- Per oggi è impossibile. C'è molto da fare qui dentro.

- Domattina?

- Domattina... forse!

- Allora ci siamo intesi eh? Domattina! - esclamò Gigino, al colmo dell'entusiasmo, mettendosi a saltare come un grillo canterino.

L'idea di rivedere la sua mamma gli aveva fatto dimenticare a un tratto tutti i suoi ambiziosi propositi, e avrebbe voluto che la giornata fosse passata in un baleno, per poter tornare alla villa dalla quale era stato così bruscamente portato via dal cappello dello zio Tommaso.

Proprio vero che basta il pensiero della mamma per mettere in fuga tutti i pensieri cattivi!

Ma, pur troppo, la giornata che Gigino avrebbe voluto veder passare in un baleno fu invece la giornata più lunga e più ricca di avvenimenti gravi, decisivi, terribili.

Egli incominciò ad accorgersene subito quando incontrò la Regina, dalla quale si recava a comunicare la sua intenzione di partire l'indomani col suo aiutante e per ringraziarla e prender congedo.

- Giusto te! - gli disse ella con tono ruvido. - Tu invidiavi il mio stato, non è vero?

- Certo - rispose Gigino. - Tu così potente, così adorata...

- Potente! Adorata! - replicò la Regina con accento sarcastico. - Vuoi vedere come è grande ora il mio potere e come mi adorano i miei sudditi?

E rivolgendosi ad un gruppo di api, gridò:

- Olà!... Venite a darmi da mangiare!

Con grande stupore di Gigino le api tentennarono la testa e non si mossero.

- Lo vedi? - gridò la Regina. - Lo vedi come mi obbediscono i miei sudditi? E tutto questo sai perché? Perché è per nascere un'ape femmina, un'ape Regina, una rivale cui io stessa ho dato la vita.

- Come! - esclamò Gigino sempre più maravigliato. - Quelle celle reali che sono là in fondo racchiudono dunque delle aspiranti al trono?

La Regina non gli rispose; ella guardò verso la parte dove aveva accennato Gigino, e slanciandosi furibonda a quella volta gridò:

- Ah sono là, dunque, queste nuove regine!

Egli la seguì. Ma presso le celle reali un fitto stuolo di api operaie, che stavano evidentemente di guardia e prevedevano la venuta della vecchia Regina, le si scagliarono contro rigettandola indietro gridando:

- Di qui non si passa!

Gigino rimase esterrefatto di fronte a tanta audacia: egli, che fin dal suo ingresso nell'arnia aveva assistito a tante prove di devozione date da quel popolo alla sua sovrana, non poteva credere che, a un tratto, si fosse cambiato al punto di mettersi addirittura in ribellione.

Pure qualche cosa di strano, di nuovo, accadeva o stava per accadere. Era impossibile il dubitarne.

Pochissime api erano uscite in quel giorno e la città era piena di operaie agitate che si riunivano in gruppi qua e là, discutendo calorosamente.

Gigino, passando, udì un'ape gridare in mezzo a una folla di operaie che applaudivano:

- Siamo in troppe qui dentro!... Da due giorni sono nati altri cinquemila cittadini... Se non si vuol morir soffocate, bisogna prendere una risoluzione!

Egli non capiva, ma certo si doveva discutere di gravi affari di stato. Cercò dovunque Dolcina per chiederle spiegazione, ma in quella folla confusa non riuscì a trovarla. Domandò qualche notizia ad altre api, ma esse non gli risposero: erano troppo agitate, troppo occupate a discutere per badare a lui.

Allora Gigino, molto impensierito rientrò nella sua stanza e fece un gesto d'ira vedendo Grantanaglia ancora intento a mangiare pacificamente i resti del pasticcio d'uva salamanna:

- Disgraziato! - gridò. - Tu non pensi che a impinzare il tuo corpaccio insaziabile, e intanto di fuori tutto il popolo è in piena rivoluzione.

L'aiutante di campo rimase a bocca aperta dalla sorpresa. Poi, arrendendosi a un'ultima invincibile tentazione, esclamò:

- Maestà, finisco questo boccone e vengo subito!

Gigino al colmo del furore lo afferrò per la gola e lo strinse forte gridando:

- Se quel boccone deve passare di qui, credo che ci starà un pezzo!

E non lo lasciò libero, finché non l'ebbe trascinato fuori.

- Ma che cos'è? - balbettò Grantanaglia appena poté ripigliar fiato. - Sono forse tutti diventati matti, in questa città?

Il fermento popolare era aumentato. Ora tutte le api gridavano, sbattendo le ali e gesticolando in preda a un'eccitazione straordinaria, come se veramente avessero perso tutte la testa.

A un tratto si avanzò la vecchia Regina, superba, ammirevole nella sua maestà, e disse:

- Popolo! Io credo finora d'aver compiuto scrupolosamente il mio dovere di madre comune; me lo prova il numero immenso di nuove api che vedo tra voi, tutti figli nati da poco, e ai quali io ho dato la vita...

- È vero! Viva la Regina! - gridarono molte api.

- Grazie, - riprese ella. - Ma qui la mia missione, lo vedo, lo sento, è terminata: la nuova generazione che io ho creato, per la quale tutte voi, o vecchie operaie, avete lavorato, ha bisogno di spazio, ha bisogno di svolgere tutta la sua attività, ha bisogno di piantare qui un nuovo e giovine regno... e già sta per ischiudersi la cella della nuova Regina.

- Viva la nuova Regina! - gridarono altre voci.

- E viva pure, - continuò la vecchia Regina - e sia felice in mezzo a voi che l'acclamate. Voi sapete che in nessuna città di api possono vivere contemporaneamente due femmine, due madri: troppo nobile orgoglio, troppo altera tenerezza noi poniamo nella nostra sublime missione di madre del popolo per dividerla in due... No: resti pure la giovine Regina e possa ella perpetuare la nostra razza in nuove generazioni forti e coraggiose... Quanto a me io non ho ancor terminato il mio compito: molti altri esseri palpitano in me, molte altre vite han bisogno della mia vita e io parto..., io vado a fondare un nuovo regno..., io vado a fare altri figli, grata alla natura che mi dà la forza e la potenza di essere madre a due popoli. Chi mi vuol bene mi segua!

Dopo pronunziate queste parole, la vecchia Regina mosse improvvisamente verso l'uscita.

Nella massa del popolo nacque una confusione indescrivibile, un pigiapigia spaventevole: e immediatamente una grande folla di api raggruppatasi a un tratto seguì la vecchia Regina verso l'ingresso, e a un suo cenno, con una mossa rapida prese il volo fuori dall'arnia.

Una voce, in mezzo a quel fitto nuvolo di api ronzanti, gridò:

- Addio, Ciondolino!

E Gigino che era corso all'ingresso, vide Dolcina che, fedele alla vecchia Regina, la seguiva insieme con le altre.

Le due formiche rientrarono nella città molto sconfortate da questi avvenimenti, e rimasero anche più addolorate quando videro che nell'interno l'agitazione continuava ancora.

Le api rimaste si dirigevano disordinatamente verso le celle reali, intorno alle quali stava ancora a far la guardia il fitto stuolo di api che avevano prima rigettata la vecchia Regina.

A un tratto un grido echeggiò nell'alveare:

- Attente!... Eccola!...

Un'ape, che al corpo più allungato e alle ali più corte si riconosceva facilmente per una femmina, rotto il coperchio che la teneva prigioniera nell'alveolo, uscì fuori, si guardò attorno, e scorgendo presso di sé altre celle reali, incominciò a ronzare dando manifesti segni di malumore.

Quindi, con una mossa subitanea, si scagliò sulla cella accanto, col pungiglione teso, nell'atto di sfondare il coperchio e gridando:

- Ah! ve ne sono delle altre!...

Ma le guardie, sempre pronte, la fermarono a tempo, e fu strascinata via a forza di popolo, fu circondata, tenuta per le ali, per le zampe, in modo che non potesse rinnovare il tentativo.

L'ape fece sforzi inauditi per liberarsi da quelle strette, ma invano. Alfine rimase ferma, immobile, con le ali incrociate sul dorso, agitandole ma senza allargarle, e in questa attitudine di ispirata ella fece sentire un canto acuto, forte, di una potenza straordinaria e insieme di una infinita dolcezza:

- Come l'ora del nascere

Giunge per me gradita!

Ché per dar vita a un popolo

Ebbi dal miel la vita.

I figli eterneranno

Colei che li creò:

Essi per me vivranno,

Per loro io rivivrò.

Tutte le api, affascinate, erano rimaste immobili come la cantatrice, a capo chino e in un'attitudine piena d'amore e di venerazione.

Era l'irresistibile incanto della creatura nata per creare, era il grande fascino dell'essere che viveva per dar vita ad altri esseri, era la immensa superiorità della madre universale, della Regina che aveva un regno nelle sue viscere, era tutto questo che aveva fatto chinare il capo in segno di sottomissione a tutto quel popolo, ed era anche tutto questo che sentiva in sì e quell'essere privilegiato.

A un tratto la giovane Regina si scosse:

- Sì! - esclamò con la sua voce ispirata. - Io sento e comprendo la mia missione. Chi vuole aiutarmi mi segua: io vado a compierla.

E si slanciò fuori dell'arnia: e, com'era già avvenuto per la vecchia Regina, migliaia di api si slanciarono ronzando dietro a lei, ed echeggiò di fuori un grido lieto, entusiastico:

- Viva la Regina!...

Gigino che aveva assistito a questa seconda spedizione, sentì anche questa volta una voce gridare:

- Addio, Ciondolino!

Era l'ape dell'uva salamanna.

- Ho capito; - mormorò egli malinconicamente - secondo me, la mia villa non mi rivede più per un pezzo!

XXXIX. Un duello, uno sposalizio e uno sgombero.

Gigino si ricordava quand'era un bambino d'aver sentito parlare spesso dello sciamare delle api; ma solo ora che viveva da insetto in mezzo a tutti quegli avvenimenti di insetti, comprendeva l'alta ragione di Stato che moveva uno sciame ad abbandonare l'arnia natìa.

La popolazione, con le nuove nascite, era via via cresciuta, anzi raddoppiata addirittura; l'alveare era ormai tanto angusto, da non poter contenere tante migliaia di individui: l'igiene, la pulizia, la regola nel lavoro non potevano più esistere in così fitta agglomerazione di popolo; l'ordinamento sociale in quella massa strabocchevole diveniva impossibile; la confusione era al colmo, le sagge istituzioni minacciavano di essere travolte nell'anarchia.

Come fare? Occorreva un rimedio e un rimedio pronto; era necessario che la popolazione diminuisse, era urgente che una parte di essa si esiliasse dalla patria, perché la patria non perisse.

Ed ecco la vecchia Regina, la provvida fondatrice della città, l'antica madre di tutto quel popolo, dare la suprema prova di tutto il suo amore e di tutta la sua tenerezza per quel popolo e per quella città ch'ella stessa aveva creato. Ella dà il nobile esempio alle giovani madri che nasceranno, ella si muove per la prima, ella per prima volontariamente si distacca da tutto ciò che ha amato, e in uno slancio di sacrifizio sublime si esilia dalla patria per salvarla e va a fondare altrove un'altra colonia.

Altre giovani madri, via via che nascono, seguono il nobile esempio, e altre colonie sorgono, si fondano altre società, altre popolazioni si uniscono, si affratellano nel lavoro comune, nel desiderio, nel bisogno, nello scopo alto, immutabile, di assicurare la specie e di perpetuarsi nelle future generazioni.

Che importa che questo scopo una volta raggiunto diverrà la causa, per la quale tante lavoratrici dovranno abbandonare i luoghi ove nacquero e ai quali dettero tutte r loro fatiche? Esse compiono la loro missione, esse servono la loro fede: - Arrestare la morte creando altre vite.

Gigino che certe volte, ma di rado, aveva anche un po' di buon senso, ritrovava nello sciamare delle api riprodotta in piccolo la grande storia delle razze umane, obbligate da necessità di spazio, di aria, di vitto, a riversarsi fuori dei loro primi confini, entro i quali l'eccessiva quantità di viventi rendeva impossibile la vita.

E questi torrenti umani, che straboccavano dovunque in cerca d'un letto ove dar posto alle loro onde infuriate, rompevano e schiantavano tutto ciò che si frapponeva al loro passaggio e, trovato il luogo ove potersi finalmente allargare, sospingevano via gli elementi che vi giacevano tranquilli, i quali, straboccando alla lor volta, andavano a formare altri torrenti umani ugualmente infuriati.

Tale era la storia delle invasioni degli uomini, costretti, per il loro moltiplicarsi, a conquistare e a seminare di stragi gli altrui territorii; e ben più felici di loro le Api che, vivendo nell'aria, potevano sciamare dal loro nido, quand'era angusto, e crearsene un altro senza nuocere ai diritti altrui!

E Gigino che aveva letto l'Oceano del De Amicis, trovava nello sciamare delle Api anche un più giusto raffronto e un più moderno con la emigrazione. Non è più il torrente umano che irrompe in tutta la sua violenza, ma sono tanti modesti ruscelli che straripano e vanno lentamente per vie diverse in cerca d'un luogo che li accolga: non è più il movimento fatale e irresistibile delle razze umane, ma sono folle d'uomini mesti che abbandonano la patria, dove non possono più vivere e traggono in terre ignote, lontane, sperando trovarvi pane e lavoro.

Lo troveranno? Chi sa! E ben più felici anche di essi le Api, che vivono nell'aria e alle quali non manca mai un fiore ove posarsi.

Le riflessioni di Gigino furono a un tratto interrotte dalle grida assordanti del popolo, che circondava le celle reali.

A malapena riuscì ad afferrare queste parole:

- Sono due! Sentite come ronzano dentro le loro celle! Due regine in una volta! Avremo un duello!

Infatti, di lì a poco i coperchi delle due celle saltarono quasi contemporaneamente, e due api usciron fuori guardandosi biecamente come due spettri nemici, che sorgessero a un tratto minacciosi dai loro sepolcri.

Questa volta il popolo non cercò di calmare i bollenti spiriti delle femmine. Il numero degli abitanti, dopo gli sciami, si era ridotto alle giuste proporzioni; non v'erano tanti sudditi per due regine, e una di esse era di troppo.

La folla delle api formò dunque un circolo intorno alle due rivali, e aspettò che l'esito del duello indicasse quella che doveva regnare.

Le due femmine non tardarono a scagliarsi l'una contro l'altra con tal furia, che rimasero attaccate in modo che il capo, il corsaletto e il ventre dell'una era opposto al capo, al corsaletto, al ventre dell'altra. Se tutt'e due avessero piegato l'estremità posteriore del corpo, si sarebbero infilate col loro pungiglione contemporaneamente, e sarebbero morte entrambe.

Forse fu questa idea che le trattenne: fu forse il timore che la città rimanesse senza la madre, che arrestò a un tratto l'ira delle due rivali. Esse si ritrassero l'una dall'altra rapidamente, smarrite, cercando tutt'e due di fuggire.

Ma il popolo intorno incominciò a gridare, ad aizzarle, a spingerle finché una di esse, studiato il momento opportuno, si avventò sull'altra, riuscì a mettersela sotto, l'afferrò per la base dell'ala e nello stesso tempo la trafisse con l'aculeo.

Fu un urlo generale.

Mentre la vittima si dibatteva nell'agonia, la vincitrice trasse il dardo fuori dal corpo della misera, e guardò alteramente intorno a sé, mentre le api s'inchinavano rinnovando il grido:

- Viva la Regina!

Le due formiche avevano assistito fremendo a questa scena di sangue, e Gigino non aveva potuto fare a meno di manifestare la sua disapprovazione, dicendo al suo aiutante:

- Duelli selvaggi! Non capisco come si possa per una questione di gelosia ammazzarsi a quel modo tra insetti della stessa specie.

Forse Gigino non aveva tutti i torti: egli era vissuto tra gli uomini in un'età in cui non poteva ancora sapere come anche in quella società possa accadere che due persone della stessa specie vadano a infilzarsi la pancia per questioni molto più piccole di quelle che armano le api l'una contro l'altra, e spesso magari per una gomitata o per una pestata di piede.

In ogni modo lo spettacolo cui avevano assistito non era certo fatto apposta per rassicurare le due formiche.

Esse incominciavano a trovarsi a disagio in quella città. La vecchia Regina era partita; era partita Dolcina, partita l'ape dell'uva salamanna, partite quasi tutte le api che s'eran trovate all'invasione della Testa di Morto, e presso le quali Gigino e Grantanaglia avevano un titolo di riconoscenza da far valere.

Ora il popolo er cambiato, la società s'era rinnovata e, cessato il periodo di confusione e d'anarchia, durante il quale nessuno s'era accorto di loro, le nuove api avrebbero certo fatto alle due formiche un diluvio di domande di questo genere: - Chi siete? Che cosa fate qui? Con che diritto abitate una città che non è la vostra, e prendete parte alla vita di un popolo che non è il vostro?

Poi c'era un altro dubbio terribile, che faceva fremere il povero imperatore Ciondolino.

- E se credendomi un nemico, mi imbalsamassero come han fatto alla Testa di Morto?

L'idea di essere imbalsamato fece prendere a Gigino una grande risoluzione.

- Luogotenente, - disse egli a Grantanaglia - bisogna prepararsi allo sgombero.

- Come!

- Bisogna andarsene, se non vogliamo che questi nuovi cittadini ci impiastriccino tutti di cera e di gomma, e ci facciano diventare due mummie.

- Peccato! - esclamò l'aiutante di campo. - Si stava tanto bene. E chi ci darà il miele da qui in avanti? Quello ultimo fatto con l'uva salamanna era tanto buono!

- Il miele te lo darò io, e ti darò anche l'uva salamanna! - replicò Ciondolino con un atto di minaccia. - Spicciati, andiamo via.

Grantanaglia lo seguì a malincuore.

Giunti sull'ingresso dell'arnia si fermarono un istante per dare un addio a quella bella e vasta città, che li aveva così cortesemente ospitati, e dove fin allora avevano trovato tanto amore, tanta quiete e tanto conforto.

Un ronzìo festoso partiva dall'interno dell'alveare, e Gigino s'accòrse che veniva verso l'uscita ballando e cantando una numerosa schiera di api, con la Regina alla testa.

Le due formiche si tirarono da una parte per lasciar passare.

La Regina fece un piccolo volo fuori dell'arnia e tornò quindi a posarsi sull'ingresso; poi se ne staccò daccapo per fare un volo un po' più lungo e tornò daccapo a posarsi; finalmente, dopo una terza prova, esclamò:

- Ora sono sicura di ritrovare la strada! Arrivederci, dunque!

La folla applaudì gridando:

- Evviva la Regina! Evviva la sposa!

Si trattava, infatti, delle nozze della giovane Regina. Nell'aria, in alto, in mezzo al profumo dei fiori ronzavano i maschi aspettando, ed ella andava a scegliersi uno sposo, col quale lanciare al cielo il grande inno alla vita.

Gigino fece un cenno al suo aiutante, esclamando:

- Per fianco destro... March!

E tutt'e due incominciarono a discendere giù per quella vecchia quercia, che accoglieva nel suo seno robusto tante essenze, e un così maraviglioso tesoro di palpiti e speranze.

Quando le due formiche giunsero ai piedi della quercia, il sole era nel colmo del suo splendore, e tutto intorno la campagna accarezzata dai suoi caldi raggi luminosi, scintillava di gioia e di colore.

Mentre Gigino si volgeva in su, per dare un ultimo sguardo all'alveare, si accorse che intorno a lui e a Grantanaglia cadeva dall'alto una fitta pioggia dorata d'insetti alati, e udì un pietoso coro di gemiti:

- Ohi! Ahi! Aiuto! Muoio!

Alla base della quercia il terreno era ricoperto di grosse api con un addome voluminoso, e con due grandi occhi, che ricoprivano loro lateralmente la testa.

- Capisco! - mormorò Gigino - sono i poveri maschi.

Erano infatti i fuchi.

Le nozze, a quel che pare, durante la discesa delle due formiche, erano avvenute, e ora le api operaie trafiggevano col loro terribile dardo i maschi, e li precipitavano fuori della città, nella quale non dovevano rimanere che gli abitanti abili al lavoro.

- Bella coscienza! - esclamò Gigino volgendosi in su con ira.

Pure è d'uopo convenire che questa strage, per quanto selvaggia, era necessaria al mantenimento dell'ordine nella società delle api. Quei maschi ormai non rappresentavano che un infinito numero di scrocconi, di fannulloni, di sfruttatori delle fatiche altrui; e le api operaie erano tanto sagge, da non permettere che essi vivessero a ufo dove la vita era consacrata al lavoro.

La scena alla quale avevano assistito le due formiche non era certo tale da ispirar loro lieti pensieri; ed esse ripresero il cammino a testa bassa, malinconicamente, senza meta, senza speranze, verso l'ignoto.

Gigino pensava che aveva perduta l'ultima occasione di ritornare alla sua villa, che era ormai condannato alla vita d'insetto errante, e che in questa vita gli sarebbe stato impossibile di raggiungere anche il suo sogno ambizioso di regnare. Grantanaglia, più modesto, pensava che erano finiti i tre quotidiani pasti di miele l'uno meglio dell'altro, e che da ora in avanti bisognava lottare contro l'appetito, che era per lui il più feroce e implacabile nemico.

Camminavano già da parecchio tempo, quando, arrivati a un grosso albero, udirono al disopra un acuto ronzìo.

Il nostro eroe si volse in su, e fece un gesto di maraviglia.

Da un ramo molto basso, che si protendeva in fuori del fusto, pendeva un enorme grappolo di api, le une attaccate alle altre con le zampe davanti, e da quel grappolo vivente uscivano migliaia di voci tra le quali si distinguevano più spesso queste parole:

- È un pezzo che stiamo qui. Bisogna trovare un luogo per fare il nido... Bisogna trovarlo vicino, perché la Regina è piena d'uova e non può volar molto. Presto... Ci vado io... No, ci va lei...

Gigino stava per gettare un grido, avendo riconosciuto in mezzo a quelle migliaia di api la sua amica Dolcina, quando Grantanaglia esclamò:

- Attento! C'è il piede di una grossa bestia.

Per verità quel piede era di un uomo. Ma gli insetti piccoli come le formiche non sono abituate a far molta distinzione tra il piede di un uomo e quello di un bue, sapendo che tanto l'uno che l'altro sono sempre pronti a schiacciarli con la stessa noncuranza.

Ciondolino fece appena a tempo a scansarsi, e vide un uomo col volto mascherato da una fitta rete, armato di una specie di campana fatta di paglia e di vimini, e che si dirigeva cautamente verso il ramo ov'era appeso il grappolo d'api.

Gigino fece appena a tempo a gridare:

- Bada, Dolcina, ti piglia!

L'uomo aveva già scosso il ramo sotto al quale teneva la sua campana rovesciata in su, e tutte le api vi erano già cadute dentro.

Fatto questo, l'uomo ricoprì il suo recipiente e si mosse per andarsene, quando Gigino ebbe un'idea:

- Presto, - disse a Grantanaglia - seguimi.

E, appressatosi a un piede dell'uomo nell'istante in cui questi si era soffermato un momento, vi salì su e andò a situarsi tra l'elastico della scarpa e l'orlatura dei calzoni.

- Luogotenente, ci sei? - domandò Gigino sommessamente.

- Ci sono; - rispose Grantanaglia - ma a quale scopo siamo montati qui?

- Lo scopo è doppio, caro luogotenente. Prima di tutto noi risparmiamo la fatica del viaggio; poi ci facciamo comodamente portare nel luogo dove sarà piantata la nuova città delle api nostre amiche.

- E loro dove vanno?

- Vanno, io credo, in un alveare fabbricato apposta dagli uomini per raccogliere poi il miele.

- Ladri! - esclamò Grantanaglia considerando la cosa da formica operaia come era. - Non si vergognano, grandi e grossi come sono, a vivere alle spalle di animalucci così piccoli in loro confronto?

Gigino stette zitto. Egli incominciava ad accorgersi che il viaggio, nella posizione in cui s'era messo, non era troppo comodo. A ogni passo il piede ricadendo in terra, dava una tale scossa, che le due formiche dovevano fare sforzi inauditi d'equilibrio per non cadere.

- Bisogna trovare un posto migliore - disse. - Questa dove siamo dev'essere la terza classe, e io, se mi riesce, voglio salire a un compartimento riservato di prima classe.

E seguito da Grantanaglia si afferrò all'interno dei pantaloni, scavalcò l'orlatura, e giunto fuori incominciò a salire su per i calzoni, poi per la giacchetta e non si fermò che quando fu arrivato al bavero.

- Qui si sta bene! - esclamò. - Non c'è altro inconveniente che tutto quest'unto, che vi è sparso senza economia. Dev'essere un uomo poco pulito.

Non aveva ancora finito di far questo ragionamento che voltatosi in su, vide a traverso a una foresta di capelli rossicci, poco più in su della nuca, un animalino grigio il quale guardava con curiosità le due formiche.

- Ehi! - esclamò con voce pungente - che cosa venite a fare quassù? Questa è proprietà mia. Sapete chi sono?

- Per carità non ce lo dire! - rispose Gigino con un gesto di ribrezzo. - Per grazia di Dio è la prima volta che ti veggo, ma ti riconosco dal luogo dove abiti.

- Eh... c'è poco da far lo sprezzante; - ribatté l'altro sporgendo la testa da quell'arruffio di capelli e affermandovisi con le zampe armate di artigli - io appartengo a una specie d'insetti onorata quanto la tua.

- Bum! - fece Gigino.

- Sicuro. Che cosa ti credi? Io sono un emittero: e nell'ordine degli Emitteri vi sono celebri artiste di canto come le Cicale, arditi naviganti che camminano sulle acque come l'Idrometra, pittori illustri che posseggono il segreto di un colore splendido come la Cocciniglia, e astri scintillanti che spargono la luce come la Folgora Lanternaia.

- Sarà. Ma io se fossi in loro, mi vergognerei d'appartenere alla stessa tua categoria.

- Già: ma voialtre formiche non vi vergognate però a succiare i Gorgoglioni che sono nostri prossimi parenti, e che rendono alle piante, né più né meno, lo stesso servizio che noi rendiamo all'uomo.

- Bel servizio! - esclamò Gigino.

- Bello o brutto, se vieni quassù nel mio dominio, chiamo a raccolta tutti i miei figli e allora stai fresca!

- Ah! fai anche dei figli?

- Certamente - rispose con orgoglio la femmina grigia - io non fo meno d'un centinaio d'uova al giorno.

- Salute! - esclamò Gigino. - E possiate tutti essere schiacciati peggio di quel che fui schiacciato io all'esame di latino!

E fatta una conversione a sinistra, si allontanò dal bavero e andò a rintuzzarsi nella piega di una manica, per non vedere più quell'odioso insetto.

- Curiosa! - mormorò Grantanaglia raggiungendolo. - L'uomo sul quale stiamo vive alle spalle delle api, e quell'individuo lassù vive alle spalle dell'uomo.

- Quel che vien fatto è reso - concluse Gigino. - Ma in questo caso il proverbio si avvera a patto che l'uomo sia dimolto sudicio!

Ciondolino e il suo aiutante di campo viaggiavano già da un pezzo sulla manica di quell'uomo.

- Non so perché, - diceva Gigino - ma l'idea di trovarmi sulla manica mi dà l'illusione di fare un viaggio in Inghilterra!

A un tratto il veicolo umano si fermò in un luogo assai spazioso, tutto contornato da alberi.

Gigino vide fra un albero e l'altro parecchie arnie artigianali, e capì subito che si trovava nei possedimenti di un ricco apicultore, che era molto amico del suo babbo e che abitava circa un miglio distante dalla sua villa, una breve distanza quand'era un bambino, una distanza enorme per una formica com'era ora.

L'uomo sul quale viaggiava si chinò, alzò il braccio e rovesciò con una mossa rapida la campana sopra un cono della stessa natura, in modo che venne a formare con essa un'arnia a cupola come tutte le altre.

Quindi si recò in una stanza lì vicina, prese degli stracci e tornato all'alveare accese un fiammifero e dètte fuoco ai cenci, agitandoli in modo che l'esterno dell'arnia rimanesse avvolto dal fumo.

- Vedi? - disse Gigino a Grantanaglia che starnutiva a più non posso. - Questa operazione è fatta perché le api rimaste attaccate al di fuori dell'alveare si risolvano a entrar dentro.

Quindi, fatto un cenno al suo aiutante di campo, esclamò:

- Andiamocene! Questo è il momento di scendere.

E, salita la manica, le due formiche si diressero verso le regioni posteriori della giacchetta.

Intanto l'uomo, che s'era levata la maschera dal volto, girava attorno agli altri alveari, riguardandoli con cura, quando improvvisamente, scoperchiandone uno, gridò:

- O Dio! mi scappa la Regina!...

Immediatamente un esercito di api infuriate si precipitò su lui, attorniandolo tutto, e ronzandogli minacciosamente intorno alla faccia.

L'uomo, gridando a più non posso, si dette a una corsa sfrenata a traverso alla campagna, mentre le api inferocite lo seguivano sempre, punzecchiandolo da tutte le parti.

Finalmente, dopo un lungo tratto le api si stancarono di inseguirlo ed egli si arrestò spossato, si lasciò cadere sul ciglio di una fossa, e cavatosi la giacchetta, si asciugò con quella il viso insanguinato e la posò accanto a sé.

La cosa era avvenuta così rapidamente, lo scatto di quel disgraziato era stato così brusco e improvviso, che le due formiche, le quali si trovavano a metà della regione sinistra della giacchetta, sarebbero precipitate in terra sicuramente, se non avessero avuto la fortuna di cadere in tasca.

Ma fu una fortuna relativa, perché Gigino e Grantanaglia si trovarono in mezzo a un mucchio di cicche, per fuggire alle quali non v'era altro espediente che rifugiarsi dentro una pipa anche più puzzolente di quelle.

Quando la giacchetta si fu fermata, Gigino disse:

- Alla lesta! Usciamo di qui, se è possibile, altrimenti moriamo asfissiati.

E le due formiche, venute finalmente fuori, si allontanarono in fretta lungo il ciglio della fossa, sulla quale il pover'uomo seguitava a urlare come un disperato.

- Ma si può sapere che cos'è successo? - domandò Grantanaglia, che era ancora ingrullito dalla sorpresa.

- È successo - disse Gigino - che nell'aprire un'arnia quello stupido ha lasciato fuggire la Regina: questa si sarà posata su lui e, naturalmente, tutte le altre l'hanno seguita e non hanno lasciato l'uomo finché essa non s'è staccata da lui.

Il povero imperatore spodestato camminava lesto lesto, seguito dal suo aiutante di campo, come se avesse un punto determinato dove recarsi. Ma in verità camminava rapidamente nella speranza che il moto gli impedisse di pensare alla incertezza della sua situazione.

Anche la speranza di riavvicinarsi alle api sue amiche era perduta. Forse non erano molto lontane: ma come potevan fare le due povere formiche, mentre eran condannate nella tasca buia di una giacchetta, a conservare quel senso della direzione che è una delle più mirabili qualità della loro specie?

Esse andavano alla ventura, e Ciondolino avrebbe volentieri in quel momento regalato tutto quell'impero che non possedeva per sapere almeno dove avrebbe passata la notte, mentre Grantanaglia avrebbe regalato magari il suo titolo di conte degli Imenotteri per sapere dove avrebbe mangiato in quel giorno.

Così i nostri due viaggiatori camminavano da un pezzo, quando a un tratto il luogotenente, guardando Gigino, esclamò:

- Maestà! E la corona?

Ciondolino si tastò la testa: la corona, la sua bella corona imperiale, non c'era più.

Ahimé! Essa era rimasta nella tasca della giacchetta, tra la pipa e le cicche, miserevole esempio del come possano, a un dato momento, ridursi le più grandi onorificenze di questo mondo!

Questo fu per il nostro eroe il colpo di grazia.

Egli si fermò, preso da un invincibile senso di scoramento, e si lasciò andar giù in terra di schianto esclamando:

- Ah credi, caro luogotenente mio, è inutile andare innanzi! Dove si va? A quale scopo ci si ammazza a correre verso l'ignoto? Non è forse meglio aspettar qui la morte tutt'e due?

E senza ascoltare Grantanaglia, che cercava di consolarlo, mormorò:

- Ah mamma mia, mia buona mammina!

E siccome il pensiero della mamma gli portava sempre fortuna, alzando la testa vide a un tratto un grosso insetto che volava verso di lui, proprio un insetto che gli ricordava la sua casa, la sua famiglia, poiché era nato nella sua villa.

- Sirice! - gridò Gigino.

- Ah dunque sei proprio tu! - esclamò il Sirice Giovenco, quel bell'imenottero azzurro e lucido come l'acciaio, che allo stato di larva aveva aperto a Gigino un passaggio nella serratura della porta di casa sua.

- Sì, sono io. Oh se tu sapessi, caro Giovenco, quanto mi fa piacere di rivederti!

- Figurati a me! - disse l'insetto posandosi accanto alle due formiche. - Io non dimenticherò mai il servizio che mi rendesti, salvandomi dal pericolo d'essere schiacciato da quella femmina dell'uomo... Ma come mai sei qui?

- Eh! una serie di avventure mi ha ridotto a non avere neanche dove alloggiare.

- Oh, poveretto!

Il Sirice pensò un po'; poi disse:

- Aspetta... Forse posso indicarti un alloggio dove, se le mie intuizioni non mi ingannano, potrai trovarti benissimo. La vedi quella querce là?

- Sì.

- Ebbene: ora, mentre ero lì sul suo tronco, ho sentito nell'interno un piccolo rumore, come se qualcuno grattasse il legno di dentro. Tu sai che io in queste cose ho una certa pratica. Se non sbaglio, dunque, si tratta di qualche insetto che ha superato l'ultima sua trasformazione e tenta di uscir fuori. Vuoi che andiamo a vedere?

- Figùrati!

E avviandosi verso la querce, Gigino, dopo aver presentato Grantanaglia al Sirice, proseguì:

- Vedi, caro luogotenente, l'amico Giovenco mangia perfino il ferro... L'ho visto io!

Ma Grantanaglia non si stupì come si aspettava il suo principale, e si contentò di dire:

- Lo credo!...

Giunti alla querce, il Sirice vi salì su, seguìto dalle due formiche, e a un certo punto si fermò.

- Sentite? - disse.

Infatti si sentiva del rumore nell'interno del tronco.

- Bisogna aspettare, - soggiunse il Sirice - ma vedrete che non sarà per molto tempo. L'amico, dentro, lavora a tutt'andare...

Infatti, poco dopo, nel tronco della quercia, proprio dinanzi a Gigino, si aprì un bucolino e apparve una testina vispa vispa, che movendosi da tutte le parti con una vivacità straordinaria, manifestava una grande gioia e un grande stupore.

Si udì un dolce ronzìo che diceva:

- Finalmente ti respiro, aria benedetta!

Dal buco vennero fuori due zampettine che si puntellarono sull'orlo, e su su apparve un bell'insetto alato di un magnifico color viola con vivi riflessi metallici.

- Un'ape! - gridò Gigino. E avrebbe voluto subito farle un diluvio di domande; ma l'insetto stese le ali al sole con voluttà, stirò le gambe, scrollò la testa e, fatta una bella riverenza, volò via esclamando:

- Com'è bella la vita!

- E ha ragione! - disse il Sirice accostandosi a Gigino che, a quella fuga improvvisa, era rimasto un po' male. - Credi, amico mio, per un essere che è stato tanto tempo rinchiuso al buio allo stato di larva vivendo di una sola speranza, lavorando a un solo scopo, quello di arrivare finalmente allo stato perfetto, di uscire all'aria, di poter dire finalmente: ora sono un insetto, è un momento troppo importante per trattenersi a chiacchierare coi curiosi. Te lo dico io, che l'ho provato!

- Eh lo so! - rispose Gigino.

E siccome non aveva potuto ancora mandar giù l'indifferenza con la quale Grantanaglia aveva accolta la notizia delle meravigliose qualità roditrici del suo amico Sirice, stimò opportuno di ripeterla, e disse rivolto al suo aiutante di campo:

- Capisci? Questo signore, per venir fuori dalla galleria dove era rinchiuso, ha roso perfino il ferro.

- Ma se ho capito... - rispose Grantanaglia di pessimo umore. - Che credi che sia sordo? D'altra parte, il fare queste bravure dipende dal momento in cui uno si trova.

- Come!

- Sicuro. Io, per esempio, in questo momento non solo roderei il ferro... ma lo mangerei!

Gigino lo guardò severamente e gliene avrebbe dette quattro, se in quel momento dal bucolino della quercia non fosse apparsa un'altra testina simile in tutto e per tutto alla prima.

L'ape, con un dolce ronzìo esclamò:

- Finalmente ti vedo, luce benedetta!

E come la prima, allungate le ali, fece una riverenza e volò per aria, senza che Gigino avesse il tempo di dirle una parola.

A questo punto egli, perduta la pazienza, disse con accento aspro:

- Ora si può entrare.

E si accostò al bucolino. Ma rimase sospeso perché dall'interno udì ancora il rumore di qualcuno che grattava furiosamente.

Tant'è vero che, poco dopo, un'altra testina d'ape apparve fuori esclamando:

- Finalmente!...

- Finalmente voglio sapere qualcosa! - interruppe Gigino agguantandola. - È ora di finirla con questi finalmente! Chi sei? Di dove vieni? Dove vai? Che cosa hai fatto? Che cosa farai? E ti avverto che se non rispondi, non andrai in nessun luogo e non farai nulla... a meno che tu non sia abituata a andar nei posti e a far le cose senza testa!

XLII. Dove Grantanaglia va a rischio di morir di fame.

A questa minaccia di tagliarle la testa, la povera ape rimase talmente impaurita, che non trovava parole per rispondere. E Gigino, pentitosi di quella sua violenza brutale, aggiunse subito:

- Via, ho fatto per celia. Non ti farò nulla di male.

- Grazie! - rispose l'ape commossa. - Sarebbe stata una cosa orribile il trovare la morte proprio qui, dove incomincio a vivere!

- Non aver paura. Io sono un grande amico delle api..., e tu sei un'ape, non è vero?

- Sì; sono un'ape legnaiola.

- Legnaiola? O guarda! A vederti, invece, t'avevo preso per un'ape tappezziera.

Con questa frase Gigino credeva di far lo spiritoso e perciò rimase molto maravigliato del tono serio col quale il suo amico Sirice gli rispose:

- Ma che! Le tappezziere fanno il nido in terra.

- Come! Ci sono davvero?

- Certamente: come ci sono le api muratrici, le api lanaiole, le api minatrici.

Intanto l'ape legnaiola dava segni d'impazienza, e Gigino che se n'accorse si affrettò a dirle:

- Hai ragione: tu hai fretta, e noi stiamo qui a chiacchierare. Dimmi, dunque: questa è la tua casa?

- È stata la mia casa finora, - rispose l'ape - ma d'ora in avanti ne ho una più bella, più grande, più luminosa.

- Sicché - disse Gigino - questa casa rimane vuota e, volendoci stare, non c'è bisogno di pagar la pigione a nessuno.

- Certo. Ma vi sono ancora altre due sorelle che devono uscire dalle loro stanze. Esse lavorano già ad aprir la porta. Non sentite?

Si sentiva, infatti, nell'interno, il solito rumore di qualcuno che grattava il legno a tutt'andare.

- La nostra casa - riprese l'ape - l'ha fatta la nostra mamma, come io la farò per i miei figliuoli. Perciò posso dirvi come si fa. Si scava una bella galleria in un tronco d'albero, e in fondo ci si mette una buona dose di una pasta che facciamo noi, composta di polline e di miele.

- Voglio un po' vedere come fai a far questa pasta! - esclamò vivamente Grantanaglia.

- La farò a suo tempo, - continuò l'ape - raccogliendola dai fiori e dai frutti. In mezzo a questa pasta ci si mette un uovo e poi si chiude la stanza con un muro fatto di segatura, che noi assodiamo con la saliva. Su questo muro poi rimettiamo un'altra dose di pasta e un altro uovo, e richiudiamo daccapo la stanza, e così su su fino in cima alla galleria, che richiudiamo allo stesso modo.

- E allora? - domandò Gigino.

- Allora dalle uova nascono le larve che trovano pronta la pasta da mangiare.

- Felici loro! - mormorò l'aiutante di campo.

- E le larve crescono fino a occupare col loro corpo tutta la cella; si trasformano in ninfe, e finalmente, venuta la primavera, diventano insetti perfetti come sono io, e...

- E poi?

Ma a questo punto si sentì una voce di dentro al tronco che gridava:

- Ehi! sorella! Che fai lì? Vuoi dunque condannarmi qui al buio per un pezzo?

L'ape interruppe il suo racconto, e con una mossa rapida uscì fuori del buco, e subito vi apparve un'altra testina. Quest'altra ape uscì fuori anch'essa, e ancora un'altra testina apparve fuori della galleria. Finalmente venne fuori anche quest'ape, e tutt'e tre, fatta una riverenza, esclamarono con un ronzìo di gioia:

- Evviva il sole!

E volaron via.

- E ora - disse Gigino - prendiamo possesso della casa.

S'introdusse dentro la galleria seguìto da Grantanaglia, mentre il Sirice gli gridava dietro:

- Io son troppo grosso per entrar lì dentro, e ti aspetto qui fuori.

La galleria delle Api legnaiole non era certo una reggia adatta a un imperatore della importanza di Ciondolino primo; ma era una casa comoda, divisa in cinque stanze, assai grandi e molto pulite.

Esse comunicavano fra loro per l'apertura fatta dalle api, ciascuna delle quali, evidentemente, aveva bucato la muraglia di segatura che le serviva da soffitto. Così la prima di esse aveva aperto l'ingresso sul tronco, la seconda aveva aperto la parete che separava la sua cella dalla prima, e così via via fino all'ultima che, aperto un foro nella sua cella, aveva trovato la via già fatta dalle quattro sorelle, e passando a traverso alle loro stanze, era uscita all'aperto.

- Insetti ingegnosi! - esclamò Gigino con ammirazione. - Ingegnosi quanto noi formiche, che è tutto dire. Poiché non bisogna dimenticare che anche tra le formiche vi sono abili legnaioli che scavano stupende abitazioni nel tronco degli alberi, caro Grantanaglia.

Ma Grantanaglia era tutto affaccendato a cercare non si sa che nell'ultima stanza, e mormorava:

- L'hanno proprio finita tutta!

- Ma si può sapere che cosa cerchi? - domandò Gigino.

- Nulla. Guardavo se, per combinazione, c'era rimasta un po' di quella pasta di miele e di polline. Neanche per sogno! Quelle maledette legnaiole l'hanno mangiata tutta, senza considerare che questa casa avrebbe avuto un giorno l'onore d'essere abitata da una corte imperiale con molte gloriose speranze per l'avvenire e... con molto appetito per il presente!

E vedendo che Gigino si disponeva a dargli una terribile lavata di capo, Grantanaglia si raggomitolò tutto in un angolo della stanza, esclamando con accento rassegnato:

- È inutile che tu mi faccia dei rimproveri, sai? Io quando ho fame non ragiono più. E, siccome in questo momento ne ho dimolta, e mi dispiacerebbe che l'appetito mi spingesse a mancarti di rispetto... guarda! Io non mi movo più di qui, e aspetto con tranquillità la morte che affronterò eroicamente al grido di: viva Ciondolino primo!

Queste parole erano anche troppe, per calmare la collera di Gigino. Egli si sentì commosso da quell'esempio di affetto disinteressato a lui e di cieca devozione alla sua causa, e comprese tutto il sacrifizio del suo aiutante, tanto più che anche lui sentiva un discreto appetito.

Risalì lesto lesto all'ingresso della galleria e disse al Sirice:

- Caro amico, la casa è bellissima, e non ho parole per ringraziarti d'avermela indicata...

- Ti pare! - rispose il Sirice. - Sono sempre io che sono in obbligo verso di te... Se hai bisogno di qualcos'altro, senza complimenti...

- Grazie per ora... - rispose Gigino. - Ma spero rivederti spesso e giovarmi di te in avvenire.

E strettagli la zampa destra davanti, incominciò a discendere giù per il tronco della quercia, mentre il Sirice prendeva il volo.

Il nostro eroe, arrivato a terra, incominciò a girar qua e là in cerca di qualche cosa da mangiare; e, siccome in questo mondo chi cerca trova, non molto distante inciampò in una susina spiaccicata, la cui polpa sciropposa brillava al sole di un riflesso così appetitoso, che faceva venire gli stiramenti allo stomaco.

Ma Gigino, bisogna rendergli questa giustizia, perché se la merita, non pensò neanche ad assaggiarla. Ne staccò una bella porzione, la riunì in una pallottola, se la caricò addosso e, rifatta la strada, tornò su in casa e la portò nell'ultima stanza, dove Grantanaglia stava ancora tutto rannicchiato senza aver neppure la forza di sbadigliare.

- Coraggio! - gli disse scaricandogli accanto quella grazia di Dio. - La corte imperiale è ancora in istato di trattarsi a giulebbe.

Alla parola giulebbe l'aiutante di campo fece un balzo, si gettò sopra alla pallottola e incominciò a mangiare con una tal furia, che non ebbe neanche il tempo di dir grazie.

Intanto Gigino tornò fuori, riscese in terra, e recatosi al luogo ove aveva lasciato la susina, si mise a mangiare anche lui, mormorando ogni tanto:

- Ne avevo proprio bisogno!

Poi, finito di desinare, fece un'altra pallottola, e si disponeva a portarla a casa quando vide Grantanaglia che veniva a incontrarlo.

- Aspetta; - disse l'aiutante - mangio un altro boccone, e poi porto su una pallottola anch'io.

E dopo aver mangiato ancora, soggiunse:

- Ora poi... comandami magari d'andare in capo al mondo e ci vo subito.

E fatta un'altra pallottolla di polpa di susina, seguì Gigino.

Le due formiche fecero così parecchi viaggi, e Ciondolino poté accertarsi che nel mondo c'è da mangiare aper tutti, ma che bisogna cercarlo e guadagnarselo, perché nessuno ha la comodità di vedersi calare dal cielo il desinare in un panierino.

Alla fine della giornata l'ultima stanza della nuova abitazione di Ciondolino era piena di pallottole, e giù in terra della susina spiaccicata non era rimasto che il nòcciolo.

XLIII. Gigino trova tra gli insetti anche la geometria.

Dopo tante avventurose vicende, finalmente il nostro eroe godeva un po' di pace e, a parte i suoi sogni di gloria, incominciava a trovare abbastanza bella la vita nella sua nuova residenza d'imperatore spodestato.

Girando nei dintorni col suo aiutante di campo, aveva trovato sul fusto di un rosaio sei magnifici gorgoglioni, che avevano acconsentito ad abitare con le due formiche e a lasciarsi mungere da loro, mentre esse s'erano impegnate di provvederli di arbusti verdi necessari al loro nutrimento.

- Con queste sei vacche - aveva detto Gigino - non c'è più pericolo di morir di fame.

Inoltre nelle sue frequenti passeggiate aveva avuto occasione di far conoscenza con parecchie api, che capitavano verso quelle parti, e delle quali gli aveva parlato l'amico Sirice, che veniva spesso a trovarlo e s'intratteneva volentieri con lui sul tronco della quercia.

Aveva stretto amicizia con alcune piccole api minatrici, abilissime scavatrici di gallerie nel suolo, e con alcune api lanaiole che tolgono da certe piante il rivestimento lanoso col quale provvedono il loro nido. E aveva stretto anche un patto di alleanza con alcune api megachile, le quali fanno i loro nidi nei tronchi d'albero e li foderano con foglie di rose, di papaveri selvatici e di faggio bianco, che esse hanno l'abilità di tagliare così nettamente come noi non si saprebbe fare con un paio di forbici, e che accartocciano e adattano con precisione ammirevole nelle loro gallerie; come pure s'era alleato con alcune api tappezziere, le quali scavano il loro nido composto di un solo alveolo nella terra e lo ricoprono tutto coi petali dei fiori. Anzi, di queste molte sue amicizie Gigino s'era giovato per trasformato la sua modesta casa in un palazzo addirittura sontuoso.

Egli s'era fatto ricoprire appunto dalle api megachile una stanza tutta di foglie di rose in modo che, quando queste furono secche, pareva poco meno che una sala foderata di cuoio di Russia; s'era fatto ornare la sua camera dalle api tappezziere tutta di pétali dei fiori più odorosi, e dalle sue amiche api lanaiole s'era fatto fare una magnifica materassa, degna in tutto e per tutto d'accogliere i suoi gloriosi sogni imperiali.

Né questi gli impedirono, bisogna dir la verità, di pensare alle cose più necessarie, come quella, per esempio, di applicare una porta all'ingresso della sua casa, perché non vi entrassero forestieri importuni e pericolosi.

Infatti terminati i lavori nell'interno dell'abitazione, egli, aiutato dal suo luogotenente, dopo mille prove e con sforzi inauditi, era riuscito a trarre fin sul tronco della quercia un durissimo seme di cocomero, che aveva incastrato nell'ingresso della sua casa in modo ingegnosissimo.

Così il seme, ficcato giù per il lungo in modo da rimanere metà dentro e metà fuori, divideva il buco in due parti, tanto che Gigino poté aver un ingresso per sé e uno di servizio per il suo aiutante di campo. Quando poi voleva chiudere dall'interno, bastava che spingesse di dentro il seme da destra a sinistra o viceversa, facendolo girare su sé stesso, e tutt'e due gli ingressi rimanevano tappati.

Questo sistema di chiusura fu anzi molto ammirato dalle api amiche di Ciondolino e dal Sirice, che nella piena del suo entusiasmo gli disse:

- Ma tu sei un genio!

- Lo so, - gli sussurrò Gigino prendendolo a braccetto. E siccome quella parola gli aveva risvegliato tutto un mondo di disegni ambiziosi messi a dormire, incominciò a narrare al suo amico le sue antiche avventure nel formicaio e gli confidò le sue idee intorno a un nuovo ordinamento sociale degli insetti, che rispondesse meglio al progresso dei tempi.

Il Sirice che era un insetto robusto di costituzione ma non molto forte di cervello, non tardò a sentirsi vinto dalla calda perorazione di Gigino, che conosceva l'arte di chiacchierare più d'un avvocato, e finì col gridare:

- Con una testa come la tua, ci devi riuscire dicerto!

- E io - rispose Gigino con riconoscenza - ti eleggo duca fin da questo momento.

Da quel momento l'imperatore Ciondolino, il duca Sirice e il conte Grantanaglia non fecero altro che far dei magnifici castelli in aria, adunandosi ogni giorno e terminando le loro discussioni sempre con un voto di plauso all'audace iniziativa del nostro eroe.

Devo dirlo?

Più volte Gigino, da che aveva ritrovato il Sirice, era stato in procinto di domandargli dei ragguagli intorno alla situazione della sua villa, tanto più che il suo amico vi era nato e aveva ali abbastanza forti per andare a ricercarla. Ma non gliene parlò mai.

Ripensandoci, il modo col quale egli ne era stato trascinato via gli pareva come un arcano avvenimento che gli dimostrasse non esser giunta ancora l'ora di ritornare là dove era vissuto sotto altre forme, ed egli tirava avanti rassegnato, nella speranza che un giorno o l'altro quell'ora sarebbe venuta, e che gli sarebbe stata in qualche modo annunziata.

Una bella mattina stava appunto pensando a questo, seduto sulla metà del seme di cocomero sporgente in fuori dall'ingresso di casa, quando a un tratto vide dinanzi a sé scintillare al sole un bel filo d'argento che veniva giù da un ramo superiore della quercia.

In fondo a quel filo stava attaccato un bruco sottile, elegante, che scendeva piano piano mentre via via il filo che gli usciva dalla bocca diventava più lungo.

Gigino da principio rimase maravigliato e ammirato di quell'abilità ma poi, siccome il filo non era molto distante dalla punta del seme di cocomero, gli venne una gran voglia di spenzolarsi in fuori e di provare a strapparlo per aver il gusto di vedere il povero bruco battere un bel picchio in terra.

E s'era già mosso, quando un ricordo della sua vita di bambino lo fermò a un tratto e lo commosse tutto.

Si rammentò che un giorno, avendo sorpreso la vecchia madre del contadino che stava a filare tranquillamente davanti al cammino di cucina, s'era avvicinato dietro a lei, piano piano, con un paio di forbici, e le aveva tagliato il filo facendole cadere il fuso in terra e mettendole addosso una gran paura.

Poi, dopo essersi divertito un pezzo della confusione di quella povera vecchia, era corso dalla mamma e le aveva raccontato, tutto contento, la prodezza che aveva fatto.

Non l'avesse mai detto!

La sua mamma dapprima gli dètte una bella lezione proprio in quel posto da dove gli veniva sempre fuori la punta della camicia. Poi, quand'egli ebbe finito di piangere, che ci volle un'ora perché smettesse, la mamma se lo prese sulle ginocchia, si mise a parlargli con quella sua voce dolce e a carezzarlo con quella sua mano morbida e bianca bianca e a guardarlo con quei suoi occhi pieni d'amore: e gli disse tante cose buone, e gliele disse bene come le sapeva dir lei, con quelle paroline tenere che andavano proprio dentro l'anima, tanto che da ultimo Gigino s'era messo a piangere daccapo, ma in un'altra maniera, perché non era più la stizza della punizione avuta ma era il pentimento sincero e il profondo convincimento d'aver fatto un'azione cattiva.

- Dar noia alla gente che non dà noia è sempre una colpa; - gli aveva detto la mamma - ma infastidire la gente che lavora e divertirsi a mandarne a male le fatiche è assolutamente un delitto, e tu che hai l'animo buono, non puoi averlo commesso che per leggerezza. Ora che tu capisci il male che hai fatto, bada di non farlo più, e ricordati che ogni persona che lavora dev'essere sacra... specialmente poi per chi non fa nulla come te!

E Gigino ora se n'era ricordato a tempo.

Anzi, rimessosi a sedere sul seme di cocomero, con tutto il pensiero rivolto alla mamma, seguiva con l'occhio l'agile bruco che continuava nella sua discesa, e sentiva una grande simpatia per quell'industrioso animalino che, senza saperlo, gli aveva risvegliato tanto dolci e cari ricordi.

A un tratto il bruco si arrestò.

Egli si volse in aria, guardò la foglia di quercia ov'era attaccato il filo che lo sosteneva, e incominciò a risalire.

Gigino notò che per risalire adoperava un modo ingegnosissimo.

Tenendo il filo tra i denti e piegando il capo, tirava su il resto del corpo, finché con l'ultimo paio di gambe non fosse riuscito ad afferrare un punto del filo più in alto del capo: allora tenendosi fermo con quelle, raddrizzava la testa e acchiappava il filo coi denti ancora più in su, facendo così un passo e buttando via il filo rimasto al di sotto e ormai diventato inutile.

Quando arrivò a passare dinanzi a Gigino, questi non poté fare a meno di domandargli:

- Ma si può sapere che cosa fai?

- Eh! mi son salvato da un nemico che era venuto a minacciarmi lassù sulla mia foglia.

- E chi sei?

- Sono un geometra.

E il bruco continuò la sua salita.

- Un geometra! - esclamò Gigino - questo poi colma la misura. Io divento un insetto per liberarmi dalle noie della scuola, ed ecco che tra gli insetti ci trovo perfino la geometria!–

XLIV. Dove Grantanaglia si persuade che l'imperatore Ciondolino è diventato matto.

L'imperatore Ciondolino, stando a pigliare il sole all'ingresso del suo palazzo imperiale, rivide diverse volte il bruco e sempre con un gran piacere, perché ogni volta che lo vedeva ripensava sempre alla sua mamma; ed era questo un buon segno, perché il pensare alla mamma era stato per lui, fin allora, un dolce e sicuro presagio di lieti avvenimenti.

Intanto, sebbene non avesse ancora raggiunto il suo ambizioso ideale, non poteva lamentarsi della sua vita di formica. I sei gorgoglioni, ai quali Grantanaglia procurava scrupolosamente ogni giorno fusti verdi e foglie fresche, continuavano ad abitare l'ultima stanza della casa e a farsi mungere dai loro padroni con la miglior grazia del mondo: così il vitto era assicurato, e Gigino poteva dedicarsi a maturare le sue grandi idee per l'avvenire.

Il Sirice veniva ogni giorno a trovarlo, e venivano spesso anche alcune api tappezziere, muratrici, minatrici e lanaiole, sulle quali Gigino, con le sue chiacchiere, incominciava ad esercitare un po' d'influenza.

Tolta dunque questa frenesia di avere un impero ad ogni costo, conduceva una vita abbastanza quieta, quando un bel giorno l'amico Sirice venne a portargli la notizia che da qualche tempo nei dintorni si aggirava un uomo, al quale pareva interessare molto il regno degli insetti, perché bastava che ne vedesse uno, per fermarglisi davanti a bocca spalancata.

Gigino, naturalmente, ebbe una grande curiosità, di vedere da vicino di che si trattava, e l'occasione di cavarsela non tardò molto a venire.

Una mattina, affacciatosi all'ingresso di casa egli vide infatti sotto la quercia un ometto grassoccio, con un grande album sotto al braccio e che teneva in mano una lunga asta con una retina per acchiappar le farfalle.

Il nostro eroe comprese subito che l'omino doveva essere un naturalista e precisamente un entomòlogo, poiché delle sue poche cognizioni apprese alla scuola si ricordava che quella parte della scienza naturale che riguarda gli insetti si chiama appunto entomologìa.

Intanto, dall'alto della quercia, scendeva giù lentamente sul suo sottile filo d'argento il bruco geometra.

Gigino lo vide arrivare fino in terra e stendersi con voluttà al sole: e lo vide anche il naturalista, il quale immediatamente si chinò su lui, si mise la lente all'occhio, lo esaminò con interesse, quindi messosi a sedere ai piedi del tronco della quercia, cavò l'album di sotto al braccio e l'aprì.

Il nostro eroe, stando a cavalcioni sul suo seme di cocomero, poteva seguire la scena in tutti i suoi particolari, poiché dominava la posizione e su una stessa linea vedeva sotto di sé l'album che l'omino s'era steso sulle ginocchia, e giù in terra il bruco geometra.

Il naturalista cavò di tasca un lapis e, osservato ancora il bruco, si dispose a disegnarlo. Dal canto suo il bruco alzò la testina, quasi si fosse accorto della manovra e dalla intenzione dell'omino, e fatta una giravolta su sé stesso, rimase nella posizione di una s, come una piccola serpe.

Gigino di sopra, vide riprodurre fedelmente nell'album il bruco geometra, e capì che lo scopo del naturalista era di cogliere l'insetto nelle sue diverse posizioni.

E parve lo capisse anche il bruco, perché poco dopo si stirò e si ripiegò alla metà del corpo a destra, quindi si ripiegò a sinistra prendendo quasi la posizione di un t.

Gigino vide ancora accanto all'altra figura, riprodursi sotto il lapis del naturalista questa seconda posizione del bruco.

Il bruco cambiò ancora: questa volta prese l'atteggiamento di una mezzaluna turca volta all'insù: e l'omino lo rifece tal quale.

Poi il bruco si stese e ripiegò la testa in modo di ricongiungerla alla metà del corpo; e l'omino lo rifece scrupolosamente.

Il bruco rimase disteso in tutta la sua lunghezza, in linea verticale verso la quercia, e l'omino lo disegnò tale e quale; quindi il bruco geometra cambiò ancora, tenendo diritta la parte inferiore del corpo e ricongiungendo con una curva la testa alla coda in modo da formare un mezzo tondo: e l'omino ricopiò il mezzo tondo.

Da ultimo l'insetto rimanendo nella stessa posa, curvò quella parte del corpo rimasta diritta in maniera da formare un tondo perfetto: e l'omino rifece nell'album il tondo perfetto.

Gigino a questo punto dètte in una risata tale, che venne fuori anche Grantanaglia.

E aveva ragione di ridere, perché, vedendo nell'album del naturalista i disegni delle sette posizioni prese dal bruco, messi tutti in fila, aveva scoperto a un tratto che formavano una parola: stupido.

- Questa è bella! - gridò Gigino, e pensò: - la burletta è impertinente, ma ora che, vivendo da insetto tra gli insetti, posso misurare quanto anche coloro che ci studiano sieno lontani dal comprenderci e come, nella loro presunzione di uomini, si accontentino spesso di conoscere le forme esteriori della nostra vita, ignorando i nostri dolori e i nostri piaceri e non preoccupandosi di scrutare la nostra anima minuscola, penso che quel bruco deve essere un bruco di spirito...

E, mentre il naturalista richiuso l'album se ne andava tutto contento di quel che aveva disegnato, soggiunse guardando il bruco con ammirazione:

- Bravo geometra!

Ma appena dette queste parole, a un tratto dové afferrarsi al seme di cocomero, per non cascar giù a capofitto. Quel fatto, che da principio gli pareva così semplice, diveniva, per una domanda naturalissima che egli ora faceva a sé stesso, strano e assolutamente inesplicabile.

E la domanda era questa:

- Come ha potuto fare quel bruco a formare quella parola?

E dietro a questa un paio di riflessioni giustissime finirono di sconvolgere il cervello di Gigino:

- Ma dunque quel bruco conosce il valore delle parole che usano gli uomini! Ma dunque egli sa leggere e scrivere! Dunque... egli è un insetto come me!

Quest'idea fu troppo forte; e siccome Grantanaglia non fece a tempo a reggerlo, Gigino scivolò dal seme e cascò in terra proprio accanto al bruco.

Fortunatamente s'era rannicchiato a tempo su sé stesso, in modo che il colpo non gli fece tanto male. Ma il colpo veramente straordinario per lui fu quando il bruco vedendolo vicino, gridò a un tratto:

- Gigino!

- Ma come! - balbettò egli tremante. - Tu sai il mio nome da bambino? E come lo sai?

- Oh bella! - rispose il bruco - lo vedo dal pezzetto di camicia che hai di dietro.

- Ma chi sei dunque? Dillo.

- Ah! Io sono... Giorgina!

- Giorgina! Ah! Giorgina mia! - gridò Gigino con voce soffocata.

E svenne.

Quando ritornò in sé, si trovò in mezzo a Giorgina e a Grantanaglia che era corso giù dopo la caduta, e che gli domandava premurosamente:

- Ma che è stato?

Gigino, commosso, gli indicò il bruco esclamando:

- Mia sorella!

- Come! - chiese Grantanaglia stupito. - Tu?...

- Io sono suo fratello.

A queste parole l'aiutante di campo lo guardò sbalordito; quindi scappò su per il tronco di quercia gridando:

- Un bruco che è sorella di una formica la quale è suo fratello! Ah! l'imperatore Ciondolino è diventato pazzo davvero!

Intanto Gigino, rivòltosi, aveva stretto tra le zampe Giorgina, e voi, cari ragazzi che avete delle sorelline, e voi, care bambine, che avete dei fratellini, potete immaginarvi, dopo tanto tempo che non s'erano visti, che diluvio di baci e di carezze e di parole si scambiarono tra loro.

Giorgina volle sapere tutta la storia di Gigino; e dopo che l'ebbe sentita, incominciò a raccontare la sua proprio così:

- Tu, caro Gigino, volesti diventare un formicolino per non far niente, e invece sei diventato una formica operaia! Io, per non studiare l'aritmetica ragionata, ebbi la vanità di diventare una farfalla... e invece di farfalla mi trovo a essere un bruco, e invece dell'aritmetica ho avuto la geometria! È terribile! Ma la colpa è nostra, e chi è causa del suo mal pianga sé stesso.

Qui Giorgina dètte un sospirone e continuò:

- Devi dunque sapere che...

Ma quello che seppe Gigino, voi, cari ragazzi, lo saprete un'altra volta, e vi racconterò anche come l'imperatore Ciondolino, per mezzo di Giorgina, trovasse un valido aiuto nel vasto e interessante regno dei Lepidotteri.

FINE